AF347288

Cosimo La Gioia

COME UN BATTITO D'ALI DI FARFALLA

Terebinto Edizioni

ALTRA NARRATIVA

- 1 -

Revisione del testo a cura di

Lorena Caccamo
Facebook: LoreCa Servizi Editoriali
email: loreservizieditoriali@gmail.com

© 2023 Il Terebinto Edizioni
via Luigi Amabile 42
83100 Avellino
tel. 340/6862179
e-mail: info@ilterebintoedizioni.it
www.ilterebintoedizioni.it

INDICE

Prefazione

La raccolta di racconti *Come un battito di ali di far-falla* è un esempio di stile narrativo molto scorrevole la cui sintassi, prevalentemente paratattica, detta il ritmo degli eventi servendosi di sequenze dinamiche e riflessive. L'influenza dell'autore si riscontra nella scelta degli intrecci e dei temi nonostante lasci trapelare un velo di mistero dietro gli eventi. Il fatto di conservare un certo margine di incompletezza nella caratterizzazione dei personaggi, in merito ai quali l'autore fornisce delle indicazioni funzionali alla trama ma evita giudizi troppo rigidi, rende questi ultimi quasi autonomi e allo stesso tempo permette ai lettori di disporre di uno spazio interpretativo più ampio.

Il quadro ispirato a questa raccolta, oltre a indivi-duare il minimo comune denominatore fra le diverse storie, apre il campo alle sfere sottili dell'esistenza che spesso sono riconducibili a una visione archetipica del mondo. Nucleo di tutto il dipinto è un semplice manda-la, *cerchio* in sanscrito, contemplato prevalentemente nel suo significato di paradigma, la cui particolarità in questo caso è la mancanza di precisione geometrica. Il prototipo non è rigido, come dovrebbe essere, bensì astratto così come sono astratte le figure che vi si sovrappongono, chiaramente riconducibili a delle farfalle. Queste ultime sono il simbolo per eccellenza del cambiamento, altro tema ricorrente in tutti i racconti.

Si parte da un'idea di metamorfosi, un'allegoria alla maniera kafkiana di alienazione dell'individuo all'interno della società che in questi racconti viene ampliata e proiettata su altri piani tipici della trascendenza, della stregoneria, della metafisica assumendo un vero e proprio carattere di trasmutazione, un rinnovamento proprio come una farfalla, simbolo esoterico della nuova vita perché muore per poter vivere. Alla base dell'interpretazione pittorica c'è dunque l'elemento della trasformazione attraverso la rottura dei paradigmi archetipici.

In una cornice temporale che predilige la contemporaneità dei fatti, ricorrendo solo in alcune occasioni a prolessi e analessi, si svolgono le trame di racconti che racchiudono una sfera impalpabile dando vita alla dimensione del non detto. È la sfera sottile dell'esistenza, l'archetipo, quel codice genetico attribuito all'individuo per il semplice fatto di essersi incarnato in un corpo fisico. Gli istinti primordiali e le paure ancestrali si manifestano nel desiderio di prevaricazione, nella necessità di controllare gli altri oppure in un impulso sessuale inconsulto. Tutti paradigmi insiti nella natura umana.

Il concetto di archetipo esiste sin dagli albori dell'umanità. Nel mondo classico spesso si esplicitava nella mitologia come teatro di alternanza fra vizi e virtù degli Dei. Raggiunse la massima espressione con le tesi junghiane: fu proprio la mente aperta di Jung a volerne tracciare la genesi per poi teorizzarli integrando la psicoanalisi con altre discipline fino a giungere al mondo della fisica. All'interno di questi piani sottili si annidano i concetti di coscienza e inconscio collettivo, di luci e ombre della personalità, dove risiedono paure e istinti ancestrali di cui spesso l'essere umano non è consapevole.

Jung andò oltre il concetto di archetipi come espressione di inconscio collettivo, cercando di individuare dei legami con la scienza e con il mondo della logica e, fra le altre cose, cercò di teorizzare il concetto di *sincronicità*. Nelle sue ricerche si rese conto che questo fenomeno non era ascrivibile a una dinamica di causa-effetto o alla probabilità ma andava ben oltre la mera coincidenza, per cui era un fenomeno degno di una più attenta analisi scientifica. Forse nel mondo materiale e cosciente non aveva un carattere causale ma nei piani sottili dell'esistenza assumeva una sua logica.

Seguendo questo ragionamento Jung è riuscito a fondere fisica e psicoanalisi descrivendo così il mondo delle sfere sottili come se fosse un esperimento di fisica teorica. Giungendo infine alla conclusione che lo spettro delle mente umana riesce a dare forma al pensiero servendosi di quell'energia che mette in relazione psiche e materia permettendo così all'individuo di compiere una rinascita interiore.

La sincronicità è presente in uno dei racconti basato su un sogno premonitore, mentre la storia che dà il titolo alla raccolta è basata sul fenomeno di dipendenza sensibile alle condizioni iniziali della teoria del caos. Anche in questo caso sembrano agire forze oscure di cui i protagonisti non hanno il controllo totale. Tutte le altre storie contengono considerazioni disseminate che mettono in luce aspetti antropologici, sociologici ma soprattutto psicologici dei personaggi quali il dissidio interiore che ci vede combattuti fra la nostra vera natura e il ruolo professionale che andremo a ricoprire nella società. Il non saper trovare un'armonia fra tutte le nostre sfaccettature o l'incapacità di controllare il nostro lato oscuro sembra alla base di molte vicende.

Il perseguimento del desiderio di prevaricazione e l'indole egoica spropositata sono solo alcune delle caratteristiche dei personaggi. Gli effetti di un ego smisurato arrivano fino all'apice tanto da costringere un protagonista a identificarsi con esso. La storia è molto interessante in quanto delinea una crescita interiore, un cambiamento. Soltanto attraverso la purificazione il soggetto compie la distruzione dell'ego per un ricongiungimento con la propria coscienza, come avviene nel Purgatorio Dantesco.

La stregoneria è un altro di questi schemi di base, in quanto risiede nel desiderio inconscio di controllare l'andamento degli eventi e manipolare le menti altrui. Le aberrazioni prodotte dalle luci e ombre della natura umana mettono in discussione l'equilibrio delle menti più razionali però, come effetto contrario, potrebbero costringere il soggetto a confrontarsi con l'alternanza di questi dissidi fino ad amalgamarli in maniera più armoniosa.

Se l'uomo volesse compiere una rinascita dovrebbe come prima cosa uscire da se stesso e in secondo luogo infrangere il velo sottile dei paradigmi che vanno oltre il tangibile e la sfera cosciente. Se vogliamo capire l'anima non possiamo fermarci ai fatti concreti e ai pensieri prodotti dall'inconscio ma dobbiamo includere il mondo in questo processo. Le nostre farfalle diventano il simbolo dell'animo umano, che è capace di rompere gli schemi archetipici mentre si affanna nel tentativo di rinnovare se stesso. Una vera e propria trasmutazione del pensiero che ci fa conoscere la nostra natura e ci segnala il cammino per arrivare davanti all'infinito attraverso l'evoluzione e la conoscenza dell'Io.

Samantha D'Angelo

Leone e l'Ego

Sabato in prima serata, su Tele Sei Italia, alla trasmissione di grande ascolto *La Sfida*, mancavano pochi secondi all'inizio del dibattito più atteso della stagione. Il conduttore Simone Vivaldi introdusse prima il commentatore Agostino Bellucci e poi, con maggiore enfasi, il cantante e critico musicale Leone Galante, la grande star: lo spettacolo era assicurato. Le telecamere, puntando su quest'ultimo, colsero un'espressione ignota per il suo viso, di insicurezza e smarrimento. Qualcuno tra il pubblico in sala e a casa se ne accorse, ma nessuno ci diede importanza, Galante era leone di nome e di fatto e usciva sempre vincitore dalle contese.

– Il tema di oggi è il livello del Festival di Sanremo della settimana scorsa – annunciò il presentatore, – le opinioni divergono, e stasera Leone e Agostino ci aiuteranno a far chiarezza, non è vero? – chiese ammiccando ai due. – Le regole del confronto le conoscete tutti. Il sorteggio ha sancito che Agostino parli per primo. Vai, Agostino.

– Quest'anno si è toccato il fondo. Monti è stato un bravo cantante, nel passato, ma non è adatto a fare il presentatore, non ha il ritmo, e nemmeno il lessico adatto. È stato impacciato e impreciso in tanti di quei momenti che se ne è perso il conto. E poi la seconda conduttrice... Astrid, beh, non ne parliamo proprio. Può fare la soubrette, sì, non balla male, ma a parte questo e mostrare le gambe non c'è nulla. Dai, stendiamo un velo pietoso su di lei, non mi va di infierire.

– Quindi secondo te non saranno confermati alla prossima edizione, anche se l'audience non è stata malaccio?

– Ci puoi scommettere, caro Simone.

– Tu avrai di sicuro un'opinione diametralmente opposta, vero Leone? – gli chiese il presentatore strizzandogli l'occhio.

– Io... veramente... ecco, non parlerei come Agostino, ma... non ha tutti i torti, il livello non è stato dei migliori.

Vivaldi parve sorpreso per un attimo, poi scoppiò in una larga risata con la sua proverbiale rapidità di reazione: – Ah ah ah. Leone, questa è una nuova tattica prima di tirare una delle tue zampate, eh? – e gli fece di nuovo l'occhiolino.

– Veramente... no, ecco, su Monti la penso come Agostino, ma...

– Ah ecco, e su Astrid invece cosa ci dici?

– Forse... Agostino esagera su di lei... ecco, Astrid non fa la conduttrice di mestiere, ma in fondo... non ha fatto troppi errori... e poi...

– E poi? Dicci tutto su Astrid, dai.

– Ehm... sì, sa ballare bene.

Il viso di Vivaldi si illuminò: – Di' la verità, Leone, hai incontrato Astrid di persona e adesso parli bene di lei, vero? Che ne dice Antonella?

Una risata fragorosa scoppiò tra gli spettatori in sala e in un paio di milioni di case, mentre le guance di Leone si accendevano di rosso.

– No... non è così, la conosco solo di vista.

– Simone, adesso tocca di nuovo a me – protestò Agostino. – E poi Leone si è dimenticato di come si parla.

Il riso del pubblico si fece sentire una seconda volta.

– Certo, Agostino, *par condicio*. Quale dei finalisti ti è piaciuto di più?

– Nessuno in particolare tra i finalisti. Purtroppo anche il livello musicale del Festival è stato molto basso, quest'anno. L'unico raggio di sole, la rivelazione del vincitore giovani, Morbido. Ha scelto un nome d'arte azzeccato. La sua voce, pur se ancora acerba, suona morbida all'orecchio.

– Nemmeno il vincitore ti è piaciuto?

– Massimo Rocchi? L'hanno fatto vincere solo perché piace a tante cinquantenni e sessantenni nostalgiche dei loro tempi migliori. È da vent'anni ormai che Massimo non tira fuori nulla di originale.

Vivaldi si rivolse a Leone con un'espressione tra l'inquisitorio e il perplesso: – Leone, adesso tocca a te, ma sul serio. Domenica tu hai dichiarato che Franci è stata la migliore e avrebbe dovuto vincere lei. Cosa ne pensi allora di quello che ha appena detto Agostino?

– Io... io... Sì, Franci mi è piaciuta, ma... Agostino ha ragione, credo – balbettò Leone, il corpo ingobbito e le spalle chiuse, passandosi la mano sulla fronte come a nascondervi le gocce di sudore comparse a tradimento.

Tra il pubblico qualcuno cominciò a fischiare, qualcun altro si mise a ridere di nuovo.

– Ah Leone, ma che stai a di'? Ma che, sei diventato tu una *marmotta*?

L'esplosione del pubblico fu incontenibile.

– Simone... non dire così, ti prego.

– E tra i giovani, chi è stato a tuo avviso il migliore? Morbido?

– Sì, Morbido... come ha detto Agostino.

Il cameraman fu pronto a cogliere il compiacimento sul volto di Bellucci, subito prima che gettasse a Leone le parole: – *Marmotta marmotta marmotta!*

Vivaldi e tutta la sala ripeterono il triplo epiteto in coro.

Leone, che sembrava sul punto di piangere, ribatté blandamente: – Ma... perché dici questo, Agostino?

L'impari disfida proseguì per un altro quarto d'ora, finché Vivaldi invitò gli spettatori, che fungevano anche da giuria, a votare per uno dei due sfidanti, con il pulsante elettronico che ognuno aveva a disposizione.

– Signore e signori, il risultato è pazzesco, mai nella storia della Sfida si era vista una cosa del genere: il vincitore è... Agostino! Con un punteggio di duecento a zero! Cosa dite al perdente Leone?

I fischi furono superati solo dalle urla "*marmotta marmotta marmotta*".

– E cosa si merita il vincitore Agostino?

I "bravo, bravo" furono soverchiati solo dagli applausi.

Terminata la trasmissione, Vivaldi chiese a Leone di seguirlo nel suo ufficio.

– Mi vuoi spiegare che scherzo è questo, Leone? Sembravi uno stupido tanto eri impacciato.

– Mi dispiace... ma ho sempre detto quello che sentivo.

– Ma se non hai detto una frase una che si potesse sentire! Dov'è finita la tua *verve*?

– Ecco... non lo so neanch'io.

– Guarda, come audience questa puntata l'abbiamo salvata, e posso dirlo, molto è merito mio. Ma se Leone Galante è quello di questa sera, con me hai chiuso. Tu ti puoi far ridicolizzare quanto vuoi, ma il mio programma non si ridicolizza, capito?

– Va bene, Simone, va bene. Non ti arrabbiare con me, per favore, è un momento molto difficile.

– Solo perché sono tuo amico. Ma ti consiglio di farti controllare, ok?

Durante il tragitto in taxi fino a casa, Leone poté respirare un po': il conducente non sapeva nulla di quanto accaduto in televisione ed era poco loquace. Era appena passata la mezzanotte quando entrò nel suo appartamento e si accorse che c'era un nuovo messaggio vocale sul cellulare. La compagna chiedeva di richiamarla non appena avesse potuto.

Stanco, avvilito e tormentato da un cattivo presentimento, Leone compose il numero di lei.

– Ah, finalmente! Si può sapere cosa diavolo ti è successo questa sera? Mi sono vergognata di te: eri come un sacco di patate, ti hanno preso per il culo tutti.

– Mi dispiace, Antonella. Non trovavo le parole... non potevo controbattere.

– Beh, se sei ridotto così male vedi di evitare tutti i dibattiti, ok? Non potrei sopportare un'altra figuraccia del genere, ho la mia reputazione da difendere, io.

– Va bene, Antonella. Abbi pazienza con me in questo periodo... finché non ritrovo me stesso.

– Lo spero proprio.

Leone Galante, poco più che cinquantenne, basso di statura ma robusto di fisico, possente nella voce e brillante di cervello, aveva una calvizie pronunciata e un ego ancor più sviluppato. Divenuto famoso già a venticinque anni con la canzone *Roma serena*, giunta al vertice della hit parade, aveva sfornato altri grandi successi fino ad assurgere al rango di monumento vivente, e aveva poi gestito con grande abilità la sua immagine pubblica, aiutato da una dialettica fuori dal comune. In pubblico come in privato soleva infilare il soggetto *io* in una frase su due, e largheggiava pure nell'uso dei pronomi *mi* o *me*.

Amato dalle donne e invidiato dagli uomini, diciotto mesi prima aveva mollato la moglie con i figli per fare coppia con una vivace soubrette non ancora trentenne, Antonella Guerini. L'attenzione accresciuta nei suoi confronti da parte dei social e dei rotocalchi aveva gonfiato ancor di più la stima che nutriva di se stesso.

L'epiteto da lui coniato, "*marmotta marmotta marmotta*", che si pregiava di lanciare ai suoi avversari quando li smontava nelle discussioni pubbliche su temi musicali, era diventato un tormentone nazionale. Nelle rare occasioni in cui un contendente riusciva a tenergli testa, non disdegnava di alzare il tono e anche urlare. Una volta poi aveva rovesciato all'improvviso un bicchiere d'acqua sull'interlocutore, a sottolineare la sua irritazione, e la scena aveva fatto il giro di tutti i media del Paese.

Lunedì mattina Leone venne chiamato dal suo manager della casa discografica *Melody Music*: – Leone, che t'è successo sabato? Eri proprio giù di corda.

– Lo so, Martino... ho dei pensieri al momento.

– Ti conviene fare una pausa allora con i confronti televisivi.

– Lo credo anch'io.

– Ma forse non tutti i mali vengono per nuocere: se non perdi tempo con i dibattiti ti puoi concentrare sulla musica. E io ho sottomano qualcosa di grosso. Sai, Malagodi ha composto una nuova canzone che mi sembra eccellente e che sarebbe perfetta per te. È solo di un genere un po' sperimentale, diverso da quanto hai cantato finora.

Leone fu percorso da un tremolio che si propagò fino alla voce: – Di genere... sperimentale? Che intendi esattamente?

– Sai, molto ritmata, meno melodica.

– Sei sicuro... che sia adatta a me?

– Ma certo, Leone. E poi, scusa, quando mai tu hai avuto paura di accettare una sfida nuova? Dai, con la voce che ti ritrovi.

– Grazie, Martino. Te lo ripeto, è solo che questo è un periodo particolare per me.

– Leone, tu sei una delle stelle della nostra società. Io ho tanta stima di te, mi raccomando, confermami coi fatti che ho ragione.

– Sì – rispose Leone con un filo di voce.

Martino Benetti chiuse la comunicazione con un'espressione perplessa.

La sera del giovedì precedente alla sfida con Bellucci, Leone non riusciva a prendere sonno. Stufo di rigirarsi nel letto, si infilò la vestaglia e uscì sul terrazzo a godersi la vista sul Colosseo e i Fori Imperiali che amava tanto. Tornò a coricarsi che era quasi l'una, ma il sonno si ostinava a non arrivare. Aveva una sensazione strana, che non riusciva a riconoscere. La testa gli ronzava, ma non gli faceva alcun male. Si sentiva pieno, senza che ce ne fosse alcuna ragione: aveva mangiato leggero quel giorno. A un certo punto ebbe l'impressione che il corpo volesse gonfiarsi. No, non era solo un'impressione, per alcuni lunghi secondi successe veramente, si stava espandendo. All'improvviso sentì qualcosa che usciva da lui. Ne rimase agghiacciato, come paralizzato, poi percepì una vivida luce azzurrino-violacea alla sua destra e si voltò da quella parte.

La figura che vide, pur con consistenza d'ectoplasma, era la sua figura, e la voce che udì, pur se alterata da una leggera eco, era uguale alla sua: – Leone, non mi hai mai visto così, vero?

Ebbe bisogno di qualche attimo per farsi coraggio e parlare: – Chi sei? O meglio, cosa sei?

– Ma come, Leone, sono cinquant'anni che stiamo sempre insieme, e riesci solo a farmi una domanda così sciocca?

– Se... sembri uguale a me. Ma cos'è, un trucco, uno scherzo di cattivo gusto? – Fece una breve pausa ed esclamò: – Ah, è una *candid camera*, venite fuori, dai, chi è che ha organizzato uno scherzo così cretino?

La figura sghignazzò: – Cosa ti fa pensare che sia uno scherzo? Io sono reale, non vedi e non senti? Dai, dimmelo tu chi sono.

Leone si alzò di scatto, corse verso l'interruttore accanto alla porta mentre la figura si faceva da parte, accese la luce e si guardò intorno.

– Allora, dov'è la telecamera?

– Non c'è nessuna telecamera, lo vuoi capire o no?

Leone si diede finalmente per vinto e rivolse lo sguardo verso la figura mentre il terrore cresceva dentro di lui: – Siamo... sempre stati insieme, dici. Sei uguale a me, ma sei come un fantasma. Sei una parte di me... la mia anima? Ma io vivo ancora, non è possibile.

La figura sogghignò di nuovo: – Fuochino fuochino. Non la tua anima, sono il tuo Ego.

– Il mio Ego?

– Certo, io sono te e tu sei me.

– E com'è che adesso sei fuori di me?

– Non succede quasi mai. Una persona e il suo Ego sono indistinguibili per tutta la vita. È la norma per i miliardi e miliardi di uomini e donne che hanno popolato e popolano la Terra. Ma in casi rarissimi, quando l'egocentrismo muta in egotismo ed egolatria, l'involucro umano non è più in grado di contenere l'Ego smisurato e straripante al suo interno. È quello che è appena successo a noi.

Il terrore di Leone si trasformò in paura, paura dell'ignoto: – Ma... ma cosa significa per me in pratica? Io sono sempre io.

– Qui ti sbagli, Leone. Adesso tu sei quello che eri prima, ma senza Ego. Dovrai imparare a vivere in questa condizione nuova.

– Ma... succede che magari... l'Ego poi ritorna? Tornerai in me un giorno? Forse se cambio?

Ego esplose in una risata fragorosa, e disse: – Sei già cambiato, più di quanto tu creda. Il futuro poi... quello non è noto a nessuno, nemmeno a me. Adesso ti ho raccontato abbastanza. Me ne vado. Tornerò forse a trovarti di tanto in tanto, di sera, quando sarai da solo. Buona notte.

Nel primo pomeriggio di martedì, Leone girava nervoso per casa, tormentato dall'incertezza. Squillò il telefono. Era Antonella: – Ciao Leone, come stai, va meglio?

Leone, mentendo, le rispose di sì.

– Sai, stasera avrei proprio voglia di venire da te. Solo noi due, non andiamo nemmeno al ristorante. E poi... passiamo la notte nel tuo bell'appartamento.

– Vieni, Antonella. Mi fa... piacere.

– Sarò da te dopo le sei. Ehi, mi raccomando, ho una gran voglia, devi essere in forma come l'ultima volta, ok? – concluse Antonella con tono ammiccante.

Non appena la conversazione fu terminata, Leone si sentì prendere dal panico. Antonella, così giovane, attraente ed esuberante, adesso lo intimidiva, mentre fino a pochi giorni prima sentiva, o almeno credeva, di essere lui in posizione dominante. Ma doveva farsi forza, ne era sempre infatuato.

A cena le raccontò della nuova offerta da parte della *Melody Music*.

– Ma è magnifico, Leone. Una nuova canzone. E io ti potrò accompagnare nelle uscite in pubblico. Hai già accettato, vero?

Leone fu tentato per un attimo di mentire, prima di risponderle con tono esitante: – Ehm... non ancora.

Vorrei prima avere lo spartito, vedere se è adatta a me.

– Oh... ma se Benetti te l'ha proposta, vuol dire che va bene per te.

– Lo saprò presto, tornerò da lui giovedì.

– Bene, non vedo l'ora.

Più tardi la vide uscire dalla doccia con quell'accappatoio fucsia corto che faceva risaltare i suoi capelli biondi e valorizzava le sue gambe eleganti.

– Fai in fretta, mi raccomando, non voglio aspettarti a lungo – gli disse lei prima di dirigersi in camera da letto.

Leone vi entrò rinfrescato nel corpo ma pesante nella mente: in lui si agitavano preoccupazioni che non ricordava di avere da tempo immemorabile. Non si sentiva all'altezza di Antonella, e non solo per i dieci centimetri di statura che gli mancavano rispetto a lei.

In effetti fece cilecca, e gli incerti baci e carezze che le diede non migliorarono la situazione di alcunché.

Lei si addormentò col broncio, che ritrovò al risveglio. Si alzò, si rivestì, spiluccò qualcosa in cucina, tornò nella camera e si congedò dicendogli: – Leone, così non va, qualcosa deve cambiare. Chiamami quando avrai accettato la nuova canzone. Ciao.

Uscì di casa che non erano ancora scoccate le otto.

L'indomani pomeriggio Leone sedeva di fronte alla scrivania di Martino Benetti, con uno spartito in mano.

– Allora, che ne pensi? Originale, eh? Questa canzone e te, ci facciamo una hit, stanne sicuro.

– Non... ho ancora finito.

– Caspita, ce ne metti di tempo, oggi. Ma va bene, fai pure con calma.

Nella stanza calò il silenzio per un paio di minuti, finché Benetti decise di spezzarlo: – *Io e te* cantata da Leone Galante! Solo con questo annuncio spezzeremo il cuore a centinaia di migliaia di donne fra i quaranta e sessant'anni. E le parole: sono una dichiarazione d'amore, un inno d'amore, ma moderno. Il ritornello: con la tua voce tenorile sarà sublime. Il motivo è così orecchiabile che milioni di persone si metteranno a canticchiarlo.

– Sì... ma...

– Ma cosa?

– Ci sono dei passaggi troppo veloci... Non si potrebbe cambiarli un po', avere qualcosa di meno frenetico?

– Ma che dici, Leone? Con tutto il lavoro che ha fatto Malagodi? Non puoi chiedere a un artista come lui di cambiare la sua opera.

– E poi... le parole di molti versi mi sembrano banali...

– Banali, Leone? Ma cosa vuoi? Siamo nel ventunesimo secolo! Cosa deve essere, una poesia di Leopardi?

– Non è questo...

– E cos'è allora?

– È che... – Lottando con tutte le sue forze contro l'insicurezza che lo paralizzava, Leone disse finalmente la verità: – ho bisogno di un po' di tempo per rifletterci su... È un tipo di canzone nuovo per me.

– E da quando in qua hai paura dei nuovi progetti, Leone? Non ti capisco.

– Martino, dammi un po' di tempo... ti prego.

Benetti gli rispose con tono spazientito: – Solo pochi giorni, al massimo una settimana. E solo perché sei tu. Io e la *Melody Music* abbiamo i nostri ritmi, non abbiamo tempo da sprecare.

Quando Leone si voltò per andarsene, Benetti lo seguì con uno sguardo carico di dubbi.

Leone evitò di chiamare Antonella, quel giorno. Era meglio lasciar passare almeno una notte, forse due, e pensare a una ragione che non fosse la paura per spiegarle la sua decisione di prendere tempo con Benetti.

La sera consumò la cena preparatagli dalla brava donna di servizio e ascoltò alcuni dei suoi grandi successi sul giradischi dell'impianto hi-fi nello studio – per lui, purista, il suono di un cd non poteva eguagliare quello di un disco di vinile. Era passata solo una settimana dal suo cambiamento ma gli sembrava già un periodo lunghissimo. Si coricò presto, verso le dieci e un quarto. Mentre i pensieri gli impedivano di prendere sonno, all'improvviso Ego apparve come d'incanto, alla destra del suo letto. Rabbrividì, lo percepiva come una cosa estranea, sebbene Ego dovesse essere una parte di lui.

– Allora Leone, come te la cavi senza di me?

– Mi sento uno straccio. Mi pare... di essere tornato bambino.

– Lo sapevo. Senza di me sei un essere privo di spina dorsale, non sei più nemmeno un uomo.

Leone si chiese se lui stesso, fino al distacco di Ego, fosse mai stato capace di usare un tono così gelido, prima di implorare: – Torna, Ego, ti prego.

– Ah Ah Ah. E per quale ragione dovrai farlo? Avanti, dammene una che sia buona.

Ma era stato davvero suo quel ghigno malefico? Il dubbio angustiò Leone, che esitò a lungo prima di rispondere: – Perché... ho bisogno di te.

– Certo, tu hai bisogno di me. Ma io invece non ho alcun bisogno di te.

– Perché... insieme possiamo vivere felici.

– E chi ti dice che io non sia felice, libero come lo sono adesso, libero da te?

– Perché... possiamo fare di nuovo grandi cose insieme.

– Leone, continui a pensare solo a te, sei tu che vuoi tornare alla ribalta come lo eri prima. A me non importa nulla, tanto nessuno sa che il tuo successo è in gran parte merito mio. Tu ti vuoi prendere di nuovo tutta la gloria, e io dovrei restare nascosto dentro di te, ignorato da tutti? Scordatelo!

Leone si mise le mani tra i radi capelli. La sua voce si fece piagnucolante: – Cosa devo fare? Non so cosa devo fare.

– Io non te lo posso dire. Cercati le risposte di cui hai bisogno da solo. Adesso ti lascio. Credo che tornerò a trovarti, quando ne avrò voglia. Buonanotte.

Fulmineo com'era apparso, Ego svanì. Leone si tormentò chiedendosi se quella conversazione avesse davvero avuto luogo o se invece stesse impazzendo. No, stava impazzendo in ogni caso, se non di follia vera allora per le conseguenze di quel drammatico abbandono. Sentì le tempie pulsargli come non gli era mai accaduto. Accese la luce e si alzò per dirigersi in cucina. Aveva bisogno di un calmante vero, una semplice camomilla non gli avrebbe fatto alcun effetto. Il suo sguardo si posò sul ritratto alla parete sopra la cassettiera di mogano a fianco della porta: un'elegante cornice in legno effetto anticato inquadrava i due figli Ettore e Diana all'età di nove e sette anni, belli e allegri. Mentre usciva dalla camera ripassò a mente alcuni momenti felici di quando erano piccoli, le prime frasi, i primi giochi, quei sorrisi così puri. In uno dei ricordi rivide anche la moglie Francesca, con il volto illuminato dalla gioia di giocare insieme a loro.

Tranguigò la pillola, tornò a letto e prese sonno alcuni minuti dopo le undici.

Benetti non attese lo scoccare della settimana e chiamò Leone già il mercoledì seguente: – Allora, Leone, hai ricaricato le batterie?

– Sono... rimasto tranquillo questi ultimi giorni.

– Bene. Io adesso ho bisogno di una risposta definitiva, e subito: la prendi o no la canzone di Malagodi?

– Ecco... ci sto ancora pensando su.

– Il tempo è scaduto, Leone. Dimmi sì o no.

– Non posso... dire di sì... non me la sento.

– È no allora. Va bene, ho già pensato a un'alternativa eccellente, qualcuno più giovane di te. E ancora una cosa: è meglio che non ci vediamo per un po'. Io non so cosa ti sia successo, ma non ho tempo da perdere, lo sai quanto lavoro. Questi tira e molla non fanno per me.

– Sì... capisco.

– Comunque, senti un consiglio da amico: rivolgiti a un buono psicologo. Sei completamente esaurito. Ti farà bene.

– Sì, forse... lo farò.

Poggiato il telefono, Leone sentì di essersi levato un grosso peso. Ma adesso veniva l'ostacolo più difficile, Antonella. Non sarebbe più stato possibile temporeggiare con lei. Doveva parlarle, doveva cercare di convincerla, ma non poteva farlo al telefono. La invitò a casa per il tè.

Lei si fece attendere come al solito. Quando varcò la soglia della porta d'ingresso, splendida sotto il cappotto cammello, i capelli corti che le davano un'aria più grintosa, circondata da una fragranza misteriosa e seducente, Leone sentì un tremito percorrergli il corpo. Tenerla a sé gli sembrava un'impresa sempre più proibitiva, ma si sforzò di ostentare sicurezza.

– Stai benissimo, Antonella. Avevo una gran voglia di rivederti, sai.

– Hai avuto da fare per la nuova canzone, vero?

– Sì, ci ho pensato a lungo.

– Qual è il titolo?

– *Io e te.*

– Io e te, ma è magnifico, potresti dire che è dedicata a me. Già vedo tutti i media che parlano di noi. Sarà un successo, il nostro grande successo.

– Antonella... io però non so se questa è la canzone adatta a me.

– Che vuoi dire? No eh, non fare scherzi.

La maschera di tranquillità che Leone aveva cercato di indossare si sciolse in un attimo: – Ho detto di no... ma... non ti devi preoccupare.

– Cosa, hai detto di no? Ma sei proprio rincoglionito?

– Ne troverò... un'altra.

– Ne troverai un'altra? E credi che io possa aspettare ancora? Ma allora non capisci proprio un cazzo.

– Perché...

Lei ormai aveva rotto gli argini: – Ma cosa credi, che io stia con te per la tua bella voce? Fino a qualche giorno fa almeno avevi carattere, adesso non so cosa cazzo t'è successo. Me ne vado via subito, ti lascio, capito, cretino?

– Ma... se mi dicevi...

– Ti dicevo cosa? E guardati, sei un vecchio, ecco cosa sei.

Leone provò a prenderla delicatamente per un braccio.

– E non t'azzardare a toccarmi o ti faccio sentire le mie unghie!

Antonella si riprese il cappotto, gli gridò di non provare più a cercarla e sbatté la porta con violenza.

Leone si trascinò inebetito fino al divano del salotto. Girò d'istinto lo sguardo alla sua sinistra, dirigendolo sopra la credenza, verso il ritratto dei due figli all'età di undici e nove anni. Si portò le mani al viso, disperato. In quell'istante si sentì sprofondare in un abisso di solitudine, buio e minaccioso, come mai gli era successo in vita sua.

"Ho perso tutto, tutto!" pensò.

Si riscosse solo dopo qualche minuto mentre gli appariva l'immagine della donna di servizio, Amelia. Era un angelo, un vero angelo, e l'avrebbe rivista l'indomani mattina. Rumena quarantacinquenne, non alta di statura, i capelli a tratti ingrigiti, il fisico forte ma poco aggraziato, era una gran lavoratrice e governava la sua casa con maestria da quando l'aveva assunta. Eppure, eppure... lui non la trattava sempre bene, alzando talvolta il tono per un nonnulla. D'improvviso fu colto dal terrore di perderla: in quel momento lei era l'unico punto fermo della sua vita. Non doveva accadere, per nessun motivo.

Il giorno seguente si alzò di buon'ora e quando Amelia arrivò alle sette e mezza la accolse con una gentilezza che mai aveva usato con lei: – Ben arrivata, Amelia. Mi vuoi dare il giaccone?

Lo prese e andò a sistemarlo sull'attaccapanni nel corridoio, poi le chiese: – Posso prepararti un cappuccino?

Lei gli rispose perplessa: – No... grazie, signor Galante. Ho già fatto colazione con un caffè.

– Un tè allora? Dai, vieni a sederti in cucina, che parliamo un po'.

Amelia annuì sempre più incredula, ma solo perché non voleva contraddire il datore di lavoro. Leone si voltò un attimo mentre scaldava l'acqua col bollitore e colse un velo di preoccupazione sul viso della donna. Un pensiero inquieto si agitò nella sua mente: sarebbe riuscito a metterla a suo agio, con l'immagine arrogante di sé che le aveva dato in passato?

Leone poggiò sul tavolo due tazze con bustine di tè nero di Ceylon immerse nell'acqua fumante e si sedette di fronte ad Amelia. Le chiese con un sorriso incerto: – Come ti trovi da me, Amelia? Spero bene. Volevo dirti che sei tanto preziosa per me e ti stimo molto.

– Grazie... signor Galante.

– Volevo anche... scusarmi se qualche volta sono stato sgarbato con te. Mi dispiace, ho un brutto carattere, ma d'ora in poi cercherò di migliorarmi.

Amelia, non credendo alle sue orecchie, ribatté: – Ma no, cosa dice, signor Galante. Lei è un padrone di casa molto bravo.

– No, non lo sono ma, ripeto, proverò a fare del mio meglio. Senti, Amelia, un'altra cosa: io ti chiamo per nome e ti do del tu. Fai anche tu lo stesso. Chiamami Leone, basta con *signor Galante.*

– Va... bene.

– Tu fai delle lunghe giornate da me e resti sempre più delle sei ore che abbiamo concordato all'inizio. Quando ti senti stanca, prenditi una pausa, mi raccomando. – Leone si interruppe un attimo per agitare le bustine, poi continuò: – Come sta tua figlia a Timisoara? Quanti anni mi hai detto che ha, ventidue?

– Ventiquattro, signor Galante...

– Leone.

– Leone. Ha finito la formazione da infermiera e lavora nella clinica infantile dall'estate scorsa. Le piacciono tanto i bambini.

– Sono sicuro che sarà una brava mamma come lo sei stata tu, anche con tutte le difficoltà che hai dovuto affrontare. Senti, prima che ci beviamo il tè, volevo dirti ancora una cosa: penso che non ti pago abbastanza per il lavoro che fai. Da subito avrai un aumento di duecento euro al mese.

Il volto della donna si allargò in un sorriso intenso e al tempo stesso tinto d'imbarazzo, e dalla sua bocca uscì un "grazie" sommesso ma sincero.

Quando poco prima delle due lei gli disse che aveva finito, Leone si affrettò a rimetterle il giaccone e la congedò con un tono suadente: – Arrivederci, Amelia.

Passa un buon pomeriggio. E ricorda, tu sei preziosa per me.

La vide andare via felice, chiuse la porta e tirò un sospiro di sollievo. Ce l'aveva fatta, non avrebbe perduto anche lei. Era il suo primo successo da quando Ego l'aveva abbandonato, due settimane prima.

Nel pomeriggio trascorse più di due ore nello studio a godersi quella che era la sua passione segreta, la musica sacra. Superata la metà dello *Stabat Mater* di Giuseppe Verdi, mentre i suoi occhi si inumidivano per il piacere estatico che quelle note e quelle voci sublimi gli trasmettevano, ebbe un'intuizione improvvisa, come non gli succedeva più da tempo: un motivo nuovo, che avrebbe potuto costituire il cuore di una nuova canzone d'amore. Lui non era uno *chansonnier*, ma in passato aveva contribuito a musicare alcuni dei suoi brani più belli insieme al suo autore preferito, purtroppo scomparso da cinque anni. L'insicurezza lo colse di nuovo: a cosa gli sarebbe servito quel lampo creativo se poi non sapeva a chi rivolgersi per farne frutto?

Scese per fare una passeggiata e si avviò in uno dei percorsi che aveva scoperto e che gli permettevano di evitare gran parte del traffico e del caos. La bellezza inebriante ed eterna del centro storico di Roma gli sollevava sempre il morale. Quando fu rientrato, il suo sguardo cadde più volte sui ritratti dei bambini sparsi per la casa. Li vedeva poco, troppo poco, solo un fine settimana ogni due. L'anno prima aveva riservato una bella villa a Forte dei Marmi per fare una vacanza insieme a loro, ma solo la figlia più piccola, Diana, aveva trascorso una settimana con lui, mentre il maggiore,

Ettore, si era rifiutato categoricamente di seguirlo. Pensò timidamente di chiamare Francesca per chiederle di sentire i due figli ma rinunciò subito all'idea. Non era il momento e non sapeva bene come prenderli.

Alle undici di sera, mentre ancora una volta stentava a prendere sonno, ricevette la seconda visita di Ego. Apparve davanti alla porta-finestra, come se l'avesse attraversata provenendo dal terrazzo.

– Allora Leone, come andiamo? Sono curioso, dai.

– Mi sento solo. Antonella mi ha lasciato.

– E certo, credevi di riuscire a tenerla senza di me? Sei proprio un ingenuo.

– Però almeno Amelia mi dà fiducia. Sono sicuro che continuerà a venire da me.

Ego scoppiò in una risata beffarda: – Amelia, eh? Ah Ah. Perché non te la sposi, allora? Sai come la faresti contenta! D'altra parte senza di me non puoi ambire a qualcosa di meglio.

– Perché... parli così di lei? È una brava donna, ha tirato su la figlia da sola con tantissimi sacrifici.

– Lascia perdere, va. Adesso sei diventato un sentimentale, proprio come gli sfigati di cui ci facevamo beffe quando eravamo insieme. Ma dimmi, cos'hai intenzione di fare nei prossimi tempi, a parte andare a zonzo per il centro senza una meta e chiuderti nello studio con quella musica noiosissima?

– Non so... stavo pensando di andare a trovare Ettore e Diana.

– Lascia stare, aspetta il più a lungo possibile. Sarebbero scioccati di vedere come ti sei ridotto e li perderesti definitivamente.

– Allora torna con me... aiutami a riconquistarli.

– Non hai ancora capito che le tue suppliche sono inutili? Quanto sei tonto. Beh, ho saputo abbastanza. Me ne vado. Credo proprio che tornerò a trovarti, mi diverti tanto, sei meglio di un buffone.

E svanì oltrepassando la porta-finestra, così come era venuto.

Ego l'aveva turbato ancora, ma Leone riuscì a distogliere il pensiero da lui e volgerlo ai figli. Trascorse così qualche attimo di serenità, finché fu assalito dalla paura di averli persi e portò l'agitazione con sé nel sonno.

L'indomani, terminata la colazione, andò a sedersi sul divano e cercò di rilassarsi, tenendo gli occhi chiusi e compiendo una serie di respiri profondi. Riuscì infine a farsi coraggio e premette il tasto di memoria del telefono associato al numero dell'ex moglie.

Gli rispose una voce sorpresa: – Cosa vuoi?

– Buongiorno, Francesca, come stai?

– Ti importa ancora qualcosa? Me la cavo, lo sai, no?

– Vorrei sentirti dire che stai bene. Senti... vorrei chiederti una cosa.

Il tono di lei si fece sospettoso: – Che cosa?

– Ecco... oggi i ragazzi escono presto, verso l'una, no?

– E allora?

– Vorrei... vorrei tanto andarli a prendere io fuori da scuola.

– Perché? Non è nemmeno il tuo weekend di turno. E poi li prendi il sabato mattina, non il venerdì.

– Francesca, ci ho pensato tanto. Mi piacerebbe passare più tempo con loro. Stanno crescendo così in fretta.

– Lo scopri un po' tardi. Senti, ma sei proprio tu? Non sembra nemmeno la tua voce. E il tuo tono... non lo riconosco. Ho sentito anche di quello che hai combinato in tivù.

– Francesca... sono cambiato. Lo so che per te è difficile crederlo, ma sono cambiato.

– Ma non sai nemmeno che non li vado più a prendere? Ettore è grande ormai, mi posso fidare di lui, non perde Diana di vista. E poi sono solo dieci minuti a piedi.

– Ah... ma posso almeno aspettarli per parlare un po' con loro.

– Mmh... ma poi lasciali andare, che non arrivino tardi a pranzo.

– Grazie, Francesca... lo so che non mi merito questo, ma grazie di cuore.

Leone chiuse la conversazione intuendo una certa sorpresa nella voce della ex. Passò il resto della mattina sospeso in un sentimento d'attesa e già un quarto d'ora prima della fine delle lezioni giunse nei pressi dell'imponente portone dell'edificio scolastico, un palazzo di inizio Novecento in perfetto stato di manutenzione. Gli accelerò il polso quando vide i due figli uscire l'una accanto all'altro. Colse un sorriso di incredulità dipingersi sul volto di Diana e la speranza gli riempì il cuore. Ma Ettore, ormai adolescente, cresciuto così in fretta nell'ultimo anno che già lo superava di cinque-sei centimetri, lo apostrofò con la sua voce quasi da uomo, come se fosse un rivale: – Che ci fai qui?

– Avevo tanta voglia di vedervi, non potevo aspettare fino al prossimo fine settimana.

– E perché?

– D'ora in poi vorrei... stare con voi più spesso.

Di nuovo Diana fece per mostrare la sua gioia, tuttavia la reazione di Ettore la bloccò subito: – No, papà, non dopo quello che hai fatto alla mamma e a noi.

– Ma io... vi voglio bene, siete i miei bambini.

– Non dirmi bambino, non te lo permetto, capito? E poi tu vuoi stare solo con quella Antonella.

– Non è vero, Ettore. Voi siete i miei ragazzi... scusa, prima volevo dire ragazzi... e poi, ci siamo lasciati.

– Doveva succedere prima o poi. Tu vuoi bene solo a te stesso.

– No... sono cambiato. Credimi, sono cambiato.

Alcune lacrime cominciarono a rigargli il volto.

Ettore non se l'aspettava, non aveva mai visto suo padre in quello stato, e sembrava sincero.

– Va bene, va bene. Non riesco a crederti, ma smettila di piangere... ci metti in imbarazzo.

– Posso accompagnarvi per qualche minuto? Solo qualche minuto, vi prego.

Diana prese la mano del fratello e lo guardò in faccia quando lui si voltò verso di lei. Pur rimanendo in silenzio, riuscì a convincerlo.

Ettore disse con voce dura: – Fai pure. Ma io la mano non te la do.

– Prenderò quella di Diana, allora. Posso farlo, Diana, vero?

Il sorriso di Diana poté dispiegarsi senza più alcun ostacolo: – Certo, papino, ma non qui davanti alla scuola. Mi vergogno davanti ai miei compagni.

Papino: quando la figlia lo chiamava così Leone si scioglieva. Accompagnò i figli fin quasi sotto casa della ex. Sussurrò alla figlia: – Diana, diglielo alla mamma, che papà è cambiato.

– Lo farò, papà.

Si girò verso Ettore: – Lo so che non mi credi... ma ti prego, lascia parlare Diana.

Poi si rivolse a entrambi: – Mi piacerebbe... venirvi a prendere ogni tanto alla fine della scuola.

– Chiedilo alla mamma.

– Certo, Ettore. Non farò nulla senza averlo chiesto alla mamma.

Prima di entrare dal portone, Diana si voltò furtivamente verso di lui per un istante.

Diana, la sua bambina. Leone pensò a lei cento volte, quel venerdì. Lei non l'aveva mai perduta. Che fortuna aveva avuto, una fortuna immeritata. Grazie a lei forse avrebbe potuto riconquistare Ettore. E avere un rapporto migliore con Francesca. Gli rivenne in mente quanto gli aveva detto Ego l'ultima volta. Aveva fatto bene a non ascoltarlo e a seguire il suo istinto. Ego l'aveva lasciato da quindici giorni e non era più al corrente della sua vita, a parte quello che gli raccontava lui.

Il lunedì mattina si recò dal commercialista per il resoconto periodico.

– Signor Galante, mi dispiace dirglielo, ma la situazione si sta facendo critica. L'avevo già avvisata la volta scorsa, le uscite superano gli introiti da diverso tempo e ormai le sue riserve finanziarie si stanno esaurendo. Può rimediare in due modi: o taglia le sue spese di almeno il venticinque per cento, oppure deve darsi da fare per guadagnare di più, come in passato.

– Ma quanto tempo ho a disposizione?

– Se vuole mantenere un margine di sicurezza lo deve fare da subito, diciamo entro un mese. L'alternativa sarebbe...

– Sarebbe?

– Mettere in vendita il suo bell'appartamento sul Colosseo e accontentarsi di un appartamento più... diciamo così, normale.

Leone trasalì vistosamente, tanto che il commercialista gli chiese se si sentisse bene e gli offrì un bicchiere d'acqua fresca. Alla fine si congedò da lui quasi scusandosi, tirando in ballo l'etica professionale.

Un pensiero corrose Leone nel percorso di ritorno: l'appartamento no, proprio no, nessuno glielo doveva toccare, sarebbe andato dritto in depressione.

Tornato a casa, si sfogò stancamente con Amelia. La donna lo sorprese con la sua reazione spontanea: – Leone, quando arriva una tua nuova canzone? Così guadagni i soldi che ti servono.

– Una piccola idea in testa ce l'avrei. Ma ho perso i miei contatti. E poi Renato Amber, l'autore dei miei più grandi successi, non c'è più, purtroppo.

– Ma conoscerai sicuramente qualche bravo autore.

– Sì, Amelia, ce ne sono uno o due con cui potrei lavorare bene, credo.

Ritornò più volte sull'idea di cercare una nuova casa discografica, quella settimana. Ma ci rinunciava subito, tormentato: l'ambiente non era facile e non si sentiva in grado di trattare una questione così critica con degli sconosciuti. E poi c'erano i figli. Passò a prenderli il martedì e il giovedì, ma poté assaporare quelle brevi passeggiate solo a metà, perché Ettore gli rimaneva ostile.

Il venerdì sera, come sempre mentre giaceva a letto ancora sveglio, Ego apparve di nuovo: – Ciao Leone, cosa mi racconti oggi? Hai seguito il mio consiglio?

– Vuoi dire su Ettore e Diana?

– E certo, quale altro consiglio ti avrei dato?

– Li ho rivisti più volte, fuori dalla scuola...

– Cosa?! Non mi hai ascoltato?

– Diana è così dolce. Lei è felice di vedermi.

– Diana, forse. Lei è poco più di una bambina. Ma Ettore? Immagino ti abbia mandato a quel paese.

– Ehm... con lui è difficile, sì.

– Diana ha preso da Francesca, lo sai. Ettore invece ha preso da te. Sta sviluppando un ego grande come me. Dammi retta, passa con lui meno tempo possibile, altrimenti comincerà a vergognarsi di te fino a disprezzarti. Non potrà tollerare di vedere suo padre ridotto come un'ameba.

– Ma... sono lo stesso momenti che apprezzo tanto. Credo di... aver fatto bene a... non ascoltarti.

– Ah, adesso provi anche a contraddirmi? Se è così me ne vado via subito, e potrei anche decidere di non tornare mai più.

– No... torna un giorno. Ho bisogno di te per rientrare nel mondo della musica. Ho un motivo nuovo in testa, credo sia molto bello, ma devo trovare una nuova casa discografica e... non me la sento, da solo.

– E allora devi fare quello che ti dico, capito? E forse ci potrò pensare. Smetti subito di andare a prendere Ettore e Diana. Un fine settimana ogni due insieme a loro basta e avanza. Anzi, sarebbe meglio se ogni tanto ne saltassi qualcuno: non gli puoi dedicare tutto quel tempo, serve a te per le tue cose. Comincia dal prossimo.

– Noo... perché?

– Senti, adesso basta, eh? Devi scegliere tra me e loro, non farmi ripetere le cose più volte! Ci rivediamo... forse.

Anche quella notte, Leone rimase insonne a lungo. Ego gli chiedeva una rinuncia pesante, pesantissima. Eppure... non aveva tutti i torti, se voleva tornare in auge avrebbe avuto bisogno di tanta disciplina e... di lui, Ego. Disciplina ed Ego, il binomio che l'aveva portato al successo e con il quale avrebbe potuto riconquistare il mondo.

Si svegliò con la testa pesante, più confuso di come il sonno l'aveva trovato. All'ora di pranzo chiamò a casa della ex moglie una prima, una seconda e una terza volta, finché lei non gli rispose: – Cosa c'è?

– Ciao Francesca. Volevo... solo chiederti come stanno i ragazzi.

– Stanno bene, come vuoi che stiano? Sono qui con me in sala da pranzo.

– Puoi dirgli che papà gli vuole bene e che non vede l'ora di rivederli?

Leone udì Francesca bisbigliare "È papà", prima che rispondesse: – Va bene, Leone. Ma non esagerare, però.

Udì ancora in sottofondo un'inconfondibile vocina dire "Ciao papà", che lo colpì dritto al cuore. Con un singhiozzo di gioia sussurrò: – Digli poi che auguro a tutti e due uno splendido fine settimana. E lo auguro anche a te, Francesca, te lo meriti.

Francesca chiuse la conversazione scuotendo la testa. Non sapeva cosa pensare dell'improvvisa trasformazione di Leone. Poteva anche essere che fosse stato colpito da un mini-ictus o qualcosa del genere e che si fosse rimbambito di botto. Ma sembrava lucido, pur se così sentimentale e perfino debole.

A Leone invece le due paroline "Ciao papà" pronunciate da Diana riecheggiarono più volte nella mente e gli salvarono il fine settimana.

Lunedì mattina accolse Amelia con il bollitore d'acqua già pronto e con una selezione di bustine di tè, le chiese di sedersi e di sceglierne una. Poi tirò fuori la domanda che gli stava tanto a cuore: – Amelia, secondo te che cosa è più importante per me: i miei figli o la musica?

La donna rispose senza indugio: – Entrambi. – Vedendo che lui la guardava con aria interrogativa, aggiunse subito: – Più importanti per te sono i tuoi figli, ma una cosa non esclude l'altra: riconquistali, dagli tanto affetto, e allo stesso tempo rifletti su chi contattare nel mondo della musica.

– Penso... che tu abbia ragione come l'altra volta. Sei una donna tanto saggia, Amelia... Senti, mi daresti una piccola mano con i miei ragazzi?

– Certo, se posso. Di che si tratta?

Quella settimana Leone andò a prendere Ettore e Diana solo il mercoledì, nel timore di dare fastidio a Ettore, che gli aveva fatto capire di non gradire per nulla di vedersi accompagnato fino a casa: cosa avrebbero pensato i compagni?

Venerdì telefonò a Francesca per dirle che l'indomani avrebbe voluto parlarle di persona. Il sabato alle dieci era a casa della ex.

– Allora, Leone, solo qualche minuto, abbiamo detto.

– Grazie, Francesca. Volevo dirti... che lo so di essere stato un verme e che ho rovinato tutto tra noi... La colpa è solo mia, e guardando indietro mi dispiace tantissimo di averti fatto soffrire, e di aver fatto soffrire i bambini. Ero prigioniero del mio ego, me ne rendo conto solo adesso. Ma per il futuro... ti sarò grato, infinitamente grato, se mi aiuterai a riavere il miglior rapporto possibile con Ettore e Diana. Ho bisogno di loro... come l'aria, la mia vita non avrebbe più senso se li perdessi. E poi perdonami... perdonami se puoi. Credimi, non voglio più avere conflitti con te, per la donna che sei e... perché sei la madre dei miei bambini.

Francesca lo guardò incredula, vide gli occhi di lui farsi umidi, e pensò tra sé e sé: "Ma questo è un altro uomo!"

Gli rispose: – Non so cosa ti sia successo, Leone. Non hai mai parlato in questo modo. Se sei sincero, come sembra, sono d'accordo, sarà un bene anche per i ragazzi. Hai la tua solita fortuna, comunque: Diana ti adora sempre. Sembra strano, ma dei due chi ha sofferto di più a causa tua è stato Ettore.

– Anche lui potrà perdonarmi, un giorno, se tu mi aiuti. Senti, ti chiedo un'ultima cosa: posso farli dormire da me anche una seconda notte e portarli a scuola lunedì mattina?

– Chiediglielo.

La casa di Leone riservò più di una sorpresa ai due ragazzi. Videro dapprima Amelia, che quasi non conoscevano, e Leone spiegò che quel sabato l'aveva invitata per preparare un pranzetto coi fiocchi: era una bravissima cuoca. Poi li condusse nel soggiorno e si godette le loro reazioni. Diana rimase a bocca aperta – lui adorava quella sua espressione – e nemmeno Ettore poté celare il suo sguardo stupito. Sul divano di velluto verde c'erano due grandi pacchi in carta da regalo, uno con un motivo di mongolfiere classiche e l'altro con un motivo di fiori stilizzati.

Leone disse ai figli: – Ettore, le mongolfiere sono per te, e Diana, i fiori per te. Apri prima il tuo, Diana.

Diana scartò con entusiasmo la sua confezione ed esplose in un "Sìì" squillante quando comprese di cosa si trattava: una splendida *ukulele* marrone lucido.

– E guarda – le fece notare Leone, – c'è anche un libro con gli spartiti di cinquanta canzoni, che potrai imparare con un'insegnante. Ne ho trovata una molto brava.

Diana si gettò verso di lui e lo abbracciò forte.

– E tu, Ettore, non sei curioso?

Ettore rispose con un "sì" laconico e prese a scartare il suo regalo. Il volto gli si ravvivò di una luce improvvisa: una maglia ufficiale della Roma, col numero 10, quello di Rodinho, l'idolo suo e di tutti i tifosi. E un pallone con i colori della società. Stette per indossare la maglietta, ma si fermò quando Leone gli suggerì di guardare meglio il pallone. Lo prese in mano, lo girò e vide subito una firma inconfondibile, quella del grande campione.

– Uh, papà, l'ha scritta proprio lui?

– Certo, Ettore. L'ho chiesto apposta per te a un manager della Roma che conosco.

– Grazie, papà.

– Sono felice, credimi, che i regali ti piacciano. E adesso prova la maglietta.

A pranzo anche Amelia si sedette con Leone e i figli, e tutti poterono gustare i piatti da lei preparati. Leone cercò poi di essere un padre impeccabile nel resto del fine settimana, aiutò nei compiti Diana e giocò a lungo con lei, riuscì a farsi ascoltare da Ettore per un compito di italiano e ad attirare la sua attenzione raccontando diversi aneddoti sulla *Magica*.

Il lunedì mattina, fuori dal portone della scuola, Diana lo salutò con un caloroso abbraccio e col suo sguardo adorante. Ettore bofonchiò invece un ringraziamento, badando a evitare ogni contatto fisico.

Leone si voltò, deluso dal saluto del figlio. Sarebbe stata dura riuscire a riallacciare un buon rapporto con lui.

Qualche ora dopo la sua mente concepì un nuovo motivo, perfetto per integrare il primo motivo che aveva intuito tempo addietro. C'era adesso un tema interessante per una nuova canzone, ne aveva la certezza.

Mercoledì sera Ego si presentò di nuovo, comparendo dal lato della porta-finestra. Lo interrogò con tono imperioso: – Allora, Leone, hai obbedito ai miei ordini?

Il cuore di Leone accelerò il suo battito a mille e la paura lo invase. Mentire a Ego non era possibile, e raccontargli la verità lo avrebbe mandato su tutte le furie, e la sua non sarebbe stata una collera umana. Prendere tempo, allora? Ma per quanto ci sarebbe riuscito?

– Ordini... quali ordini?

– Uffa! Senza di me non solo ti impappini come un imbranato ma non capisci nemmeno più nulla. Ettore e Diana, li hai lasciati perdere, sì o no?

– Li ho... visti questo fine settimana. Era il mio turno.

– Cosa? Non hai trovato una scusa come ti ho suggerito? Ah no, vedo la tua faccia pavida, non mi puoi nascondere nulla. Come osi disobbedirmi?

Ego non aveva mai gridato così forte e la sua voce aveva una potenza soprannaturale. Leone fu costretto a coprirsi le orecchie con le mani.

– Non urlare così... ti prego, mi fai male.

– È solo quello che ti meriti! Allora, dimmi tutta la verità.

– Li ho aspettati fuori da scuola mercoledì scorso, e poi... volevo passare del tempo con loro e mi sono messo d'accordo con Francesca per tenerli più a lungo, questo fine settimana.

– Ah, ma allora stai andando completamente alla deriva. Così non va, così proprio non va!

Leone portò di nuovo le mani alle orecchie per cercare di attenuare quella voce imperiosa e devastante.

Piagnucolando, cercò di ribattere: – Ma sono i miei figli, sono i miei figli...

– Sei senza speranza, sei un idiota buono a nulla. Pensavo di poterti guidare anche da qui fuori, ma ormai sei un caso disperato. Devo riprendere il controllo e adesso tornerò dentro di te. Hai avuto fortuna, Leone, la tua vita tornerà come prima: successo, fama, donne, tanta gente in adorazione. Non te lo meriti, ma sarà così.

Ego cominciò ad avvicinarsi lentamente a Leone.

Non camminava, era come se fluttuasse nell'aria, e la luminosità della sua struttura evanescente iniziò ad aumentare. La sorpresa colse Leone inerme e paralizzò i suoi movimenti. Ma un turbinio di immagini si presentò alla sua mente a velocità vertiginosa. Vide dapprima Amelia allontanarsi da lui con uno sguardo di delusione e di biasimo. Poi vide Francesca che lo accusava di essere tornato com'era prima di quella parentesi. Era stata solo un'illusione e lei in cuor suo lo sapeva che non c'era da fidarsi. Non appena Francesca fu scomparsa, apparvero Ettore e Diana. Ettore, che sembrava cresciuto ancora, gli strepitò di non farsi più vedere, che lui non era più suo padre, gli voltò le spalle e se ne andò deciso. Rimaneva solo Diana, gli occhi lucidi di pianto, avvilita e tremante. Un vortice cupo si formò attorno a lei, la avvinghiò, la prese per trasportarla via, e lei gridò disperata: – Papà, papà! Non lasciarmi sola, aiutami, ho paura!

Leone si scosse e urlò: "Noo" con tutta la forza che aveva in gola. Pur sentendo le gambe di pietra fece un passo indietro prima con l'una poi con l'altra.

– Cosa credi di fare, idiota? Io vengo lo stesso.

Leone tese tutti i muscoli per sollevare le braccia, pesanti come il piombo, e le allungò davanti a sé per tenere lontano il rivale metafisico.

Ego gli urlò con una veemenza ancora maggiore: – Abbassa le braccia. È un ordine, chiaro? Sono io che decido cosa fare!

Le orecchie e tutta la testa gli dolevano in maniera insopportabile, ma Leone mantenne le braccia in posizione e avanzò finché le sue mani giunsero a *toccare*

– non era un toccare fisico – la superficie di quell'essere infame. Combattendo la pesantezza che sentiva nella bocca, gridò con voce alterata ma ferma: – Vai via! Non mi farai perdere di nuovo i miei figli.

– Lasciami entrare! Non voglio farti scoppiare la testa, ho bisogno di un corpo intatto, non di un relitto.

– Mi hai mentito. Non sono io ad aver bisogno di te, sei tu ad aver bisogno di me. Ma io non ti voglio più!

Ego *premette* sulle mani di Leone, senza riuscire a fargli piegare le braccia: – Fammi entrare! Fammi entrare, capito?

L'intensità dell'urlo di Ego restava altissima, ma Leone avvertì un cambiamento di tono quasi impercettibile. Raccolse tutte le sue forze e si mise a spingere e... ci riuscì: Ego, evanescente e senza massa, dovette indietreggiare.

– Vai via! *Vade retro*, Ego, sparisci dalla mia vista per sempre!

Una discontinuità minima si manifestò d'un tratto nel tessuto luminoso di Ego, all'altezza del petto, e divenne una crepa, che si sviluppò in una lacerazione. Leone poté accelerare il suo incedere, senza più quasi resistenza dall'altro lato.

– Nooo... – la terribile voce cominciò ad affievolirsi. – Nooo! – finché non restò che un sibilo, mentre la struttura luminosa si slabbrava tutta, poi solo una parvenza di eco proveniente da chissà quale indefinita distanza, infine il silenzio.

Aveva vinto! Era riuscito in qualcosa che credeva impossibile, Leone aveva vinto la battaglia più crudele e difficile della sua vita. Ancora con un dolore lancinante alla testa, sudatissimo ed esausto, si distese sul letto, gli occhi rivolti verso il soffitto. Sulla superficie bianca, come in uno schermo di cinema, comparve Diana, che correva verso di lui sorridente. Ettore rimaneva in disparte, senza essergli ostile. Leone sapeva di sognare a occhi aperti, ma assaporò a fondo quei momenti.

Quando le immagini si dileguarono, si alzò, fece qualche passo verso la porta-finestra e uscì sul terrazzo a respirare la notte di Roma. Aveva sconfitto il suo vecchio Ego e, adesso lo sapeva, era riuscito in un'impresa apparentemente impossibile, ricostruirsi un ego tutto nuovo in tempi rapidissimi. Il mondo esterno non poteva più fargli paura.

Gli rivenne in mente la melodia che voleva trasformare in canzone e subito dopo volse il pensiero a Ettore. Avrebbe avuto bisogno di infinita pazienza, tra piccoli progressi e ripetuti rovesci, eppure lo sentiva, alla fine ce l'avrebbe fatta a riguadagnarlo a sé. Aveva a disposizione un'arma potentissima, l'amore paterno: solido, perseverante, inesauribile.

L'assemblea

La sveglia meccanica sul comodino squillò alle sei e mezza in punto e Arturo Lama si levò tosto, come faceva ogni giorno, sabati e domeniche compresi, sempre alla stessa ora. Eseguì gli esercizi fisici del mattino per un quarto d'ora esatto, seguendo una routine consolidata, poi consumò la colazione, che si preparava ricca e dietetica, mentre aveva ridotto da anni la cena a uno spuntino frugale. Era un uomo estremamente metodico, Arturo. Aveva superato la settantina da un anno e mantenuto un fisico asciutto e leggero, non essendo alto di statura. Occhiali con una montatura metallica *d'antan* gli guarnivano il viso dalla pelle chiara e non più liscia, mentre ciocche non sempre contigue di capelli d'argento gli ricoprivano il cuoio capelluto. Era andato in pensione allo scoccare dei sessant'anni con il grado di colonnello e qualche tempo dopo era rimasto vedovo.

Quella stessa mattina, non lontano da Arturo, pure Ernestina Mazza si svegliò di buon'ora, un poco più tardi tuttavia. Preparata la colazione, buttò giù dal letto il marito Camillo, di solito restio a levarsi insieme a lei. Ernestina stava per raggiungere i sessantaquattro anni ed era anche lei in pensione. Aveva sempre lavorato in banca e negli ultimi anni di carriera il suo piglio deciso l'aveva portata a dirigere una filiale nel quartiere Rifredi, non lontano da casa. Di taglia robusta e voce tonante, disponeva di una capigliatura ancora copiosa, che si faceva tingere in maniera discreta per cancellare certe chiazze di grigio impertinente.

Si mise a ripassare il documento di importanza cruciale ricevuto alcuni giorni prima per raccomandata. Doveva ancora fare una verifica su un dettaglio legale e appaltò il lavoro a Camillo.

Rinfrescatosi con una doccia a temperatura ambiente, Arturo si diresse nello studio, arredato in stile classico con una libreria e una scrivania in mogano e con una poltrona da lettura in pelle. La superficie da lavoro era impreziosita da alcuni accessori d'epoca: un sottomano, un bicchiere portapenne, un portalettere, un raccoglitore e un tagliacarte. L'unico attrezzo moderno in vista era il computer, ma quello non avrebbe potuto trovarlo in disegno *vintage*. Altri utensili moderni ma indispensabili erano ben celati in un cassetto. Arturo si sedette e volse la sua attenzione al documento che stava analizzando da alcuni giorni: era già tutto sottolineato con le tracce di un evidenziatore giallo e con i tratti a margine di una penna nera.

Ernestina fu colpita da una punta di nervosismo quando il marito tornò dalla sua ricerca a mani vuote: avvertiva una sensazione negativa e in passato il suo sesto senso non l'aveva mai tradita. Doveva essere il suo avversario, di certo meditava qualche colpo dei suoi, o forse l'aveva già messo a segno. Si risolse a compiere un giro di perlustrazione a mattinata inoltrata, per raccogliere informazioni e indiscrezioni dell'ultima ora. Al ritorno, non ebbe nemmeno bisogno di tirare fuori la chiave dalla borsetta per aprire il portone: lo fece per lei il vicino del piano di sotto, Ottiero Tergiversi, che si mise a correre nell'atrio d'ingresso quando la vide all'esterno, tanto che quasi scivolò per compiere quel gesto di galanteria. Rispose poi abbozzando un goffo sorriso al ringraziamento della donna. Era un uomo cortese, Ottiero, peccato che di lui rimanesse impressa soprattutto l'indole timida e taciturna.

All'approssimarsi dell'ora X, Ernestina si preparò a puntino, come quando la aspettava una riunione importante da dirigente di filiale: tailleur e gonna grigio perla, chignon semplice e un velo discreto d'eau de toilette. Uscì poco prima delle diciotto e quaranta e raggiunse a piedi l'obiettivo con una manciata di minuti d'anticipo: non arrivava mai in ritardo ma, al tempo stesso, non voleva apparire troppo presto, per sottolineare sin dall'inizio il ruolo guida che aveva l'intenzione di giocare.

L'avversario era lì già da un po': Arturo era solito raggiungere il campo di battaglia con un generoso anticipo, per poi scrutare e salutare a uno a uno i convocati mentre entravano nello studio. Indossava una camicia celeste, scarpe e cintura marrone scuro e un paio di pantaloni in cotone neri, che in realtà gli stavano un pelino larghi. Teneva in mano una valigetta in pelle marrone, sua fedele compagna da una ventina d'anni abbondanti, come testimoniava un certo grado di consunzione.

Quando la vide entrare le rivolse un asettico – Buonasera, signora Mazza – senza battere ciglio, al quale Ernestina ribatté con un altrettanto neutro – Buonasera, signor Lama.

Poco dopo entrò Giovanni Formigli, uno dei due titolari dell'Amministrazione Stabili Degrassi & Formigli, accompagnato da un'impiegata. Salutò i presenti e annunciò che l'assemblea sarebbe cominciata con una decina di minuti di ritardo rispetto all'ora di convocazione, perché c'erano ancora alcune assenze.

Nella sala erano disposte due schiere di sedie, divise da uno stretto corridoio centrale. Ogni fila comprendeva sei sedie, ripartite equamente tra la metà sinistra e la metà destra. Alle diciannove in punto Arturo prese posizione sulla sedia di mezzo della seconda fila di sinistra e, quasi all'unisono, Ernestina si posizionò in maniera speculare sulla destra. In quel modo i due comandanti erano collocati in posizione centrale in relazione alle rispettive squadre, ciascuna composta da nove elementi, per poter controllare al meglio gli scambi che sarebbero seguiti.

Quando Formigli dichiarò l'apertura della riunione, undici proprietari occupavano la metà sinistra e undici la metà destra della sala. Ne mancavano due, di cui uno solo aveva conferito la delega. L'altro disertava le riunioni da diversi anni.

Il Condominio Ortensia constava di due palazzine uguali costruite all'inizio degli anni Ottanta. Avevano sei piani, ciascuno con due appartamenti dalla super-ficie quasi identica. Le facciate non erano mai state ripitturate, perché un'esigua maggioranza, guidata da Arturo, bloccava da anni la decisione per il via libera ai lavori. Di conseguenza, diverse crepe movimentavano l'intonaco, pugno nell'occhio per gli altri condomini e persino per visitatori e semplici passanti. Le palazzine erano distanziate lateralmente di alcuni metri, la sepa-razione minima concessa al costruttore, e uno spazio comune abbastanza generoso sul lato interno rispetto alla strada inglobava un cortile di cemento e quattro zone verdi limitrofe alla recinzione posteriore, ciascuna riempita da un albero e da arbusti vari.

La palazzina A, sulla destra dal lato della strada, era il regno del colonnello, nel quale abitava la maggioranza dei suoi seguaci, mentre la palazzina B era il territorio privilegiato della *capitana*, l'appellativo con cui era nota Ernestina in tutto l'isolato e anche oltre. Arturo, che si era installato a Ortensia prima di andare in pensione, aveva un piccolo vantaggio competitivo sulla rivale: abitava al quarto piano, e dalle due finestre laterali e da entrambi i poggioli anteriore e posteriore aveva una buona visione sulle finestre e sui poggioli di Ernestina, che occupava un appartamento al terzo piano.

In passato, Arturo aveva provato a scrutare con si-stematicità il campo avversario, anche con un visore a infrarossi quando calava il buio, con l'intento di cogliere in fallo la donna mentre violava un qualche codicillo condominiale. Le sue osservazioni, tuttavia, non erano mai state coronate da successo, in quanto Ernestina, avendo compreso presto gli intenti del vicino, aveva introdotto alcuni accorgimenti efficaci per difendere la propria privacy. Aveva dotato le due finestre di persiane elettriche controllabili con un telecomando, in modo da poterle abbassare con comodità. Aveva poi fatto coprire con un telo opaco il lato esterno di ciascun poggiolo, fino alla base del balcone superiore. Arturo aveva cercato di far rimuovere quell'installazione in condominio, ma il suo tentativo, pur sostenuto da qualche valido argomento, si era rivelato vano. Ernestina si era spinta anche oltre, congegnando un vero e proprio contrattacco. Una volta, avendo colto Arturo mentre puntava nella sua direzione il visore a infrarossi, si era procurata un faro alogeno portatile. In un momento di assenza del rivale, aveva fatto alcune prove per vedere come dirigerlo con precisione verso ciascuna delle due finestre dalle quali quello si poteva appostare. Una sera si presentò il momento propizio: attirate le attenzioni del colonnello su una stanza lasciata in vista, sollevò le persiane dell'altra stanza e accese il faro prima ancora che fossero completamente sollevate. Il fascio di luce colpì gli occhi dell'uomo in pieno: per alcuni giorni lo si vide uscire solo con gli occhiali da sole. Appese poi l'attrezzo a infrarossi al chiodo, perlomeno per quel tipo di utilizzo domestico.

Ernestina disponeva di un'anzianità di residenza maggiore di ben sei anni e questo *atout* le aveva permesso di prevalere in quasi tutte le contese del primo periodo, finché l'altro piano piano non era riuscito a guadagnare terreno. Tra i due si era stabilito un rapporto antagonistico sin da subito: le loro personalità troppo dominanti non avrebbero potuto convivere armoniosamente in uno spazio così limitato.

Con l'arrivo del colonnello era dunque iniziata la terza era del Condominio Ortensia: in principio vi era stata la lunga era dell'anarchia, caratterizzata da una litigiosità diffusa e da una molteplicità di coalizioni volubili e a geometria variabile a seconda dell'occasione. A questa prima fase era seguito il regno della *stabilità ernestina*, gradita a quasi tutti i condomini e apprezzata oltre misura dagli amministratori. Infine, l'epoca della conflittualità aveva instaurato il suo dominio, e da tempo si era stabilita una situazione di sostanziale equilibrio: alla botta di un campo seguiva la risposta del campo avverso, e nessuno dei due gruppi riusciva a mettere a segno più di due punti consecutivi prima di subire una sconfitta.

Al momento dell'apertura di quell'assemblea ordinaria annuale di inizio settembre, la squadra di Lama si trovava in una posizione di chiaro vantaggio psicologico, avendo prevalso sulla squadra di Mazza nelle due contese precedenti. Tutti si chiedevano se la lunga situazione di equilibrio non sarebbe stata rotta per la prima volta, con un'ulteriore vittoria della formazione del colonnello. Ernestina sentiva invero un certo nervosismo dentro di sé, sebbene non ne facesse trapelare alcun segnale all'esterno grazie al suo autocontrollo. Arturo provava invece solo una dose di tensione minima, opportuna quando era in procinto di ingaggiare una lotta.

La nomina del presidente d'assemblea si svolse rispettando una regola fissata tre anni prima: il prescelto doveva garantire la neutralità e, dunque, l'incarico poteva essere assegnato in teoria solo a quattro condomini, in quanto uno dei senza casacca non si sentiva adatto a dirigere una riunione e l'altro era l'assente cronico. Grosso modo veniva poi rispettato il principio dell'alternanza, e venne dunque eletto Abbondio Montefiore, un sessantenne dai modi pacati la cui unica nomina precedente risaliva a un'epoca lontana.

Gli animi cominciarono ad accendersi quando venne discusso il primo punto: Clotilde Andretta, un'anziana signora vicina ad Arturo e dall'elegante capigliatura color argento, criticò un intervento appena concluso di Ernestina, molto positivo nei confronti della donna delle pulizie ingaggiata l'anno prima dal condominio. Ernestina non aveva fatto attenzione ai dettagli, disse Clotilde, la donna non sempre toglieva la polvere dagli angoli dei pianerottoli né puliva le parti superiori delle pareti dei vani scala dalle ragnatele.

Al che Antonietta de Filippis, prossima a Ernestina, prese le difese della sua leader, utilizzando un'argomentazione che le stava a cuore, essendo lei la presidente di un'associazione cittadina per la difesa degli animali: come si permetteva Clotilde di dare addosso alla brava donna di servizio, che aveva la sensibilità di lasciare in pace quelle innocue bestiole che non davano proprio fastidio a nessuno, e che anzi erano pure utili, catturando zanzare, mosche e moscerini!

Clotilde stava per ribattere, con l'animo surriscaldato, ma Arturo la interruppe con un cenno e fu lui a prendere la parola: comprendeva il punto di vista di Antonietta ma il tono da lei usato non era appropriato. Colse l'occasione per pontificare sulla necessità di mantenere sempre un contegno civile nella discussione, come faceva quasi a ogni assemblea, e chiese ad Antonietta di riconsiderare la sua posizione in base all'interesse comune di tutto il condominio.

A questo punto intervenne Ernestina, anticipando la fidata Antonietta: si disse d'accordo con Arturo riguardo al perseguimento dell'interesse generale, tuttavia la richiesta di Arturo pareva dettata piuttosto dalla convenienza di una delle parti. Serafino Proietti, un omone corpulento della squadra di Lama, provò a protestare ma Ernestina non si fece interrompere e propose un compromesso: alla donna di servizio si sarebbe raccomandato di fare maggiore attenzione agli angoli dei pavimenti e di lasciare indisturbati i ragnetti che si installavano nel vano scale. La parte finale del suggerimento *mazzano* venne sottolineato da Antonietta che proferì le parole "Che carini" con voce estasiata.

Arturo apprezzò il tentativo di compromesso avanzato da Ernestina, ribattendo al tempo stesso che non era sufficiente: la donna delle pulizie avrebbe dovuto esaminare le ragnatele a una a una e rimuovere quelle abbandonate. Inoltre doveva essere concessa a ciascun condomino la libertà di eliminare i ragni dal proprio pianerottolo. A quelle parole Antonietta reagì nervosa: ma come, in quel modo non si sarebbe garantito il punto essenziale, la protezione dei preziosi aracnidi, e su quello lei non poteva transigere, prima sarebbero dovuti passare sul suo corpo. Un brusio di protesta cominciò a levarsi dal campo avverso, ma Ernestina fu lesta a intervenire troncandolo sul nascere.

C'era una soluzione che avrebbe potuto soddisfare tutti: come prima cosa, Antonietta e altri volontari avrebbero formato il gruppo degli *Amici dei ragni*. In seguito, chiunque si fosse sentito infastidito da un ragno sul proprio pianerottolo, avrebbe potuto prenderlo con cautela lui stesso e lasciarlo di fronte alla porta di un membro del gruppo. Tosto si levarono le proteste di Serafino insieme a Oreste Immobile, un anziano signore seguace di Arturo e affetto da aracnofobia, vera o presunta: per nessuna ragione, strepitarono agitando l'indice della mano destra, li si sarebbe potuti obbligare ad afferrare una di quelle bestiacce, nemmeno con dei guanti da giardinaggio o con un qualunque attrezzo. Fu Arturo a concludere la questione, che in fondo non importava molto né a lui né all'avversaria: sarebbe stato uno degli amici dei ragni, quando richiesto, a provvedere al trasloco delle bestiole. Era tra l'altro una modalità cooperativa che avrebbe contribuito a rinsaldare lo spirito di corpo del condominio. Ernestina dichiarò che la soluzione era accettabile, non mancando di sottolineare che si trattava di un affinamento della sua proposta originaria. Dall'ultima fila, dove era solito installarsi, Ottiero si lasciò scappare un sospiro rumoroso.

Entrambi i leader erano riusciti a mostrarsi pacati e ragionevoli durante quel primo scambio: era una tattica utile a posizionarsi il meglio possibile in vista della battaglia decisiva. Arturo aveva appreso l'importanza del posizionamento preliminare sin dai corsi di tecnica militare in accademia, mentre Ernestina ne aveva dapprima acquisito la pratica sul campo e in seguito la teoria in un seminario di formazione manageriale.

Il presidente Abbondio introdusse il punto successivo con un nervosismo palpabile: sapeva che il conflitto tra le due parti sarebbe stato lungo e arduo e mise le mani avanti, specificando che lui sarebbe intervenuto il meno possibile nella discussione. Lanciò anche un'occhiata a Formigli, quasi a supplicare il suo aiuto per un compito per il quale non si riteneva all'altezza. Concluse dando la parola all'inquilino del campo *lamano* che aveva avanzato la richiesta: Pierugo Moschetta. Costui era un quarantenne dall'udito acuto e dalla vista perfetta, con la passione per la caccia, che non era riuscito a trasmettere alla moglie ma alla quale stava educando il figlio ancora bambino che gli somigliava come una goccia d'acqua. Attaccò con tono risoluto: – È arrivato il momento di abbattere quel dannato albero di fronte al mio terrazzo. Le ragioni...

Venne interrotto dalle proteste provenienti dalla metà destra della sala. Si distinsero, in particolare, prima Antonietta: – Vergogna, vergogna, vergogna! Cosa ti ha fatto quell'alberello innocente? – poi Odilo Valenti, un cinquantenne di origini romane, estroverso ma dal fare brusco: – Non se ne parla proprio, il biancospino là sta e là rimane, chiaro?

Lama intervenne all'istante, freddo e autorevole: – Chiedo al presidente di richiamare i condomini all'ordine e di lasciar parlare Moschetta.

– Non sei tu a decidere sempre! – ribatté Odilo, che dava del tu a tutti per abitudine.

Formigli, compresa l'impotenza di Montefiore, buttò il peso della sua carica nella contesa: – Per favore, silenzio. Comprendo che la questione dibattuta possa accendere gli animi, ma chiedo a tutti voi di parlare uno alla volta, in modo che la discussione possa andare avanti. Moschetta, lei diceva?

– Ci sono tante ragioni per eliminare quel dannato albero e magari sostituirlo con un cespuglio. Faccio presente che anche a me piace il verde.

– Sì, ma solo per andarci a sparare – lo interruppe Antonietta pungente.

– Questo non c'entra un cazzo – protestò Moschetta. – Non mi interrompa. L'albero è cresciuto troppo, toglie tutta la visuale a me e al signor Immobile.

– Ma di che visuale stai a parla'? I palazzi di fronte? Manco fosse il Colosseo.

– Chiudi il becco, Odilo, non è il tuo turno!

– Aho, a me così non me parli!

Formigli troncò il battibecco, che rischiava di crescere d'intensità: – Per favore, vi ho chiesto di parlare uno alla volta e di non interrompere. Continui, Moschetta.

– Grazie, signor Formigli. Non è solo che toglie la visuale, ma i rami di quell'alberaccio mi entrano quasi dentro il terrazzo.

– Esagerato, ci sono almeno tre metri di distanza – disse Antonietta.

– Ah sì, vuol venire a vedere dal mio appartamento? È facile per voi della palazzina B dire che tutto va bene, il problema non è mica vostro. Lo sa che d'autunno il vento porta un sacco di foglie nel mio terrazzo? È una vera croce per la mia famiglia, poi ci tocca raccoglierle e buttarle via!

– Scusi, posso prendere la parola? – chiese Ernestina con tono calmo. – Credo che lei stia drammatizzando un po' troppo la situazione per difendere il suo punto di vista. D'autunno il vento porta le foglie anche in altri terrazzi. E poi, scusi, sarebbe questa la ragione per far tagliare quel superbo biancospino? È uno dei simboli del nostro condominio.

– Posso dire qualcosa anch'io? – fece Veriana Baldi, un'impiegata non ancora quarantenne, madre di due bambini piccoli. – I miei figli amano quell'alberello: in primavera ammirano i suoi magnifici fiori e d'autunno giocano con i suoi frutti rossi. E poi è la casa di una coppia di merli. Ai bambini piace tantissimo il canto melodioso dei merli, e mica solo a loro. Tagliare il biancospino significherebbe dare un grande dispiacere a tutti i bambini, non solo ai miei figli. Volete avere questo sulla coscienza? No, non si può farlo! – concluse Veriana con una punta di pathos.

Uno scroscio di applausi accompagnato da un profluvio di *Brava!* si levò dalla metà destra della sala.

– Proprio di quei dannati uccelli volevo parlare! La mattina non sanno star zitti e mi svegliano sempre troppo presto e poi sono stanco tutta la giornata – gracidò nervoso Pierugo.

– E mettite i tappi nelle orecchie – reagì spontaneo Odilo.

– Dica la verità, lei agli uccelli gli sparerebbe. Ma non può, ah, non può – si fece sentire Antonietta.

– Ho già detto che questo non c'entra un cazzo! – urlò Pierugo stridulo.

Il colonnello, visto che il suo soldato aveva ormai perso il controllo, prese la situazione in mano: – Grazie, Pierugo, per i solidi argomenti che ci hai portato. Adesso vediamo di completarli. È da anni che le radici del biancospino stanno sollevando il pavimento del cortile, e negli ultimi tempi il fenomeno si è accentuato.

Questo crea una situazione di pericolo per i condomini e i visitatori: diverse persone sono già inciampate e cadute. Cosa dobbiamo aspettare, l'incidente grave? Ebbene, se dovesse succedere la colpa sarebbe solo di chi si rifiuta di abbattere l'albero.

Il colonnello stava mettendo tutto il suo peso nel combattimento ed Ernestina comprese che doveva fare altrettanto: – Signor Lama, cosa intende per diverse persone? Lei di solito è così preciso, non è in grado di indicare un numero?

– Tanto per cominciare, è successo all'anziana madre di Montefiore, che è caduta per terra e meno male com'è andata, perché per fortuna non si è rotta niente. Per cortesia, lo può confermare in assemblea, signor Montefiore?

Abbondio, che ambiva a restare neutrale in quella massima contesa, balbettò imbarazzato sotto lo sguardo indagatore di Ernestina: – Sì... mia madre ha preso un brutto spavento.

– Grazie, signor Montefiore. Poi è caduta una volta la signora Curzis: per fortuna ero lì vicino e ho potuto aiutarla a rialzarsi.

Genoveffa Curzis era un'anziana vedova, scostante nei rapporti con i vicini e rimasta sempre neutrale nonostante le ripetute lusinghe di Ernestina e Arturo. I capelli tinti di nero erano raccolti in uno chignon basso piuttosto *démodé*, mentre uno strato di crema sul viso mal celava alcune profonde rughe. Ribatté con una voce gracchiante: – È vero, ma non mi tiri in ballo, colonnello. Non è stato un fatto grave e poi io sono dell'opinione che non bisogna buttare soldi per abbattere un albero sano.

Un sorrisetto di soddisfazione comparve per un attimo sul volto di Ernestina. Immaginava di poter contare sulla tirchieria della vedova, ma era comunque importante che il suo voto fosse assicurato, visto il titubare di Montefiore.

A quel punto si inserì Magda Tafuri, un'altra non allineata: – Guardate che non lo sapeva nessuno, nemmeno il signor Lama, ma io una sera dello scorso inverno sono caduta malamente su una di quelle dannate radici. Per fortuna non ho battuto la testa e sono potuta rientrare a casa senza aiuto.

"Doveva aver bevuto un po' troppo come le succede spesso" pensò di riflesso Ernestina. Ma la constatazione amara che dovette fare fu il ritorno in parità tra i due schieramenti nella computa dei voti potenziali, dieci a dieci: Tafuri si era espressa in maniera inequivocabile, *quelle dannate radici*.

Arturo riprese la parola: – Signora Mazza, come vede abbiamo una casistica importante, che conferma quanto da me riferito. Ormai dovrebbe conoscermi, quando dico una cosa quella è – la punzecchiò.

– Non vorrà che rivanghi tutte le volte in cui lei ha distorto la verità, vero? – controbatté Ernestina.

– Lasciamo stare, suvvia. Torniamo ai fatti: non è vero, come dice la signora Curzis, che quell'albero è sano: non vi siete accorti che è infestato da una colonia di cocciniglie?

– Ma che si inventa, Lama? – fece Ernestina.

– L'ho segnalato di recente agli amministratori e il signor Degrassi ha verificato la situazione in loco. Ce lo conferma per cortesia, signor Formigli?

– Confermo. È di certo una comparsa recente: il giardiniere, l'ultima volta che è passato a inizio estate, non si era accorto di nulla.

– Ma com'è possibile che nessun altro se ne sia accorto prima? – chiese Ernestina, e Veriana le fece eco: – È vero, com'è possibile?

– Questi sono dettagli ininfluenti – osservò Arturo. – Ricapitolando, abbiamo a che fare con un albero malato, le cui radici mettono in pericolo chi cammina nei suoi pressi, e in più rende la vita difficile ad almeno due condomini. *Ubi maior minor cessat,* il biancospino s'ha d'abbattere! – sentenziò Arturo retorico.

Quella volta fu il colonnello a essere sommerso dagli applausi e dai *Bravo!* provenienti dalla metà sinistra della sala. Il piano che aveva congegnato qualche tempo prima stava funzionando alla perfezione: aveva atteso Ferragosto, quando il condominio era quasi deserto; a notte fonda era sceso in cortile, si era diretto con circospezione verso il biancospino e vi aveva riversato il contenuto di un sacco: una massa di cocciniglie che il giorno stesso aveva staccato a più riprese da un albero in un'altra parte della città. Era stata una raccolta faticosa, ma aveva dato i suoi frutti.

Non appena la calma fu ritornata, Ernestina cercò il contrattacco:

– L'infestazione è recente e non può che essere di leggera entità. Possiamo asportare le cocciniglie manualmente: formeremo una squadra di volontari e faremo un bel lavoro pulito.

– La devo contraddire, non è un'infestazione lieve, anzi – ribatté Arturo.

– Anche se fosse qualcosa di più serio, ci sono dei rimedi naturali e, se necessario, possiamo ricorrere a rimedi chimici.

– Sì, l'olio bianco è efficacissimo e l'autunno è un periodo adatto per somministrarlo – precisò Antonietta.

– Eh no, mi oppongo. Qua stiamo esagerando! Anche i trattamenti chimici proponete pur di tener in vita quell'alberaccio malato. Non se ne parla proprio, chiaro?

Ernestina e la sua compagnia restarono interdetti per qualche istante, scioccati dalla perentorietà di quella dichiarazione e per la persona che si era espressa in quel modo: non il colonnello, bensì Giangi Barletta. Apparteneva ancora al drappello dei neutrali o si era fatto comprare da Lama? Fu la domanda che si pose subito Ernestina. Ermenegildo Cecchi, un altro dei suoi fidi, l'aveva informata che il giorno prima aveva sorpreso Lama e Barletta intenti a confabulare, e i due avevano cambiato discorso repentinamente quando lui si era avvicinato. L'ultima volta poi che Ernestina aveva incrociato Barletta, questi l'aveva salutata senza guardarla in faccia, come se volesse evitare lo sguardo perspicace di lei. Se Barletta fosse passato nel campo di Lama, sarebbe stato un bel guaio anche per tutti gli episodi di guerra fredda a venire: per ogni contesa si sarebbe partiti di regola da un punteggio di nove a dieci a favore del nemico.

Decise di controbattere di slancio per poi deviare il discorso: – Signor Barletta, la questione delle cocciniglie si può risolvere con dei rimedi naturali, e l'uso di prodotti chimici è solo l'estrema ratio. Ma vorrei rispondere all'altra questione sollevata da Lama, quella delle radici: è facile risolverla, basta mettere due cartelli alle estremità dello spazio verde del biancospino, con l'avviso di fare attenzione alle radici.

– No, lei la fa troppo semplice, signora Mazza – la contraddisse il colonnello. – I cartelli si vedrebbero a malapena proprio quando serve, ovvero quando fa buio e succedono la maggior parte degli incidenti.

– Ma basta aggiungerci due faretti per illuminare i cartelli quando cala il buio.

– Di nuovo, signora Mazza, lei esagera: quante luci ci devono stare nel cortile, non bastano quelle che ci sono già? – ribatté Giangi, che in quel frangente sembrava essere divenuto il braccio destro di Lama.

– Se lo lasci dire, lei fa le cose troppo complicate – fu la risposta di Ernestina. Si rivolse poi ad Abbondio per carpire le informazioni che le mancavano. – Qual è la sua opinione, signor Montefiore?

Abbondio fu colto da un attacco di sudore freddo. Era proprio quello che voleva evitare, essere tirato in ballo in un conflitto così aspro, ma adesso, vista anche la sua funzione di presidente, era costretto a esprimersi: – Io... personalmente ho una posizione neutrale sulla questione. Ma... – si bloccò.

– Ma? Dica – lo esortò Ernestina.

– La signora Cioni mi ha detto che lei è a favore... dell'abbattimento del biancospino.

Ernestina fece il calcolo al volo, avendo ben in mente le combinazioni possibili: dodici a dieci, e quei dodici avrebbero superato la metà dei millesimi per pochissimo, perché comprendevano sette degli appartamenti più grandi. Trasalì, mentre il colonnello non poté trattenere del tutto un ghigno di trionfo. Dalla metà destra della sala si levarono una manciata di *Oh* di delusione. Ottiero bisbigliò: – Non è possibile... Lama non può vincere ancora – ma con voce così fioca che nessuno lo sentì.

Ernestina riprese il controllo quasi subito: lei era la capitana e non poteva dare segni di debolezza. Era giunto il momento di giocarsi il tutto per tutto: – Signor Montefiore, grazie per le informazioni che ci ha dato. Adesso però vorrei portare un nuovo punto all'attenzione dell'assemblea.

Arturo rizzò le orecchie: aveva imparato con l'esperienza che i *coup de thé*âtre della nemica potevano essere molto pericolosi.

– Il nostro biancospino è talmente in salute che ha raggiunto un'altezza di quattro metri e mezzo. Come tale, è da considerarsi un albero ad alto fusto. Per deliberarne l'abbattimento, dunque, è necessaria una maggioranza di due terzi dei millesimi – argomentò Ernestina. Stava bluffando, e la sua voce lasciò trasparire una traccia di insicurezza.

– Mi oppongo, signora Mazza! Lei sta mentendo e lo sa bene. Il biancospino ricade nella categoria degli alberi a basso fusto. Per la precisione è un arbusto, ma questo non ha importanza.

Il colonnello aveva ragione, Ernestina lo sapeva. La ricerca che aveva fatto svolgere al marito la mattina aveva confermato che non era possibile far passare quella specie per un albero ad alto fusto. Fece un ultimo, disperato tentativo: – Lei non ne può essere sicuro, signor

Lama. Chiedo che gli amministratori facciano eseguire una perizia legale sulla questione e che la decisione venga rimandata alla prossima assemblea.

Un concerto di mormorii di disapprovazione si levò dalla parte sinistra della sala. Ancora prima che cessasse, Arturo replicò con estrema fermezza: – Signora Mazza, adesso basta con questi giochetti! L'amministratore potrà certamente confermare la categoria del biancospino. Vero, signor Formigli?

– Sì, in effetti il biancospino è considerato un albero a basso fusto. Quello che conta è la specie della pianta, non le dimensioni effettive raggiunte – disse Formigli con tono neutrale.

Mentre un secondo ghigno di trionfo si stampava sul volto di Arturo, nella metà destra della sala l'aria si fece pesante come il piombo. Ernestina era consapevole di aver sparato l'ultima cartuccia e che non valeva più la pena di discutere. L'unica cosa da farsi era mantenere il contegno di fronte alle proprie truppe e allo schieramento avverso. Sulle facce dei suoi si disegnò la disperazione per la sconfitta ormai inevitabile.

Antonietta scoppiò isterica: – Io mi legherò a quel nobile biancospino e dovrete passare sul mio corpo per abbatterlo! Non ci riuscirete!

– Signora De Filippis, anche lei è tenuta a rispettare il volere della maggioranza – la redarguì Arturo. – E poi l'abbiamo detto, no, che al suo posto ci piantiamo magari una bella ortensia *et similia* – aggiunse con un'aria di scherno.

Sin dagli ultimi scambi della contesa tra la sua leader e il comandante dei nemici, Ottiero si era fatto sempre più piccolo sulla sua sedia, fino ad accasciarvisi, pallido all'estremo e col respiro affannoso. Riuscì solo a bisbigliare debolmente: – No... no.

Veriana, anche lei sistematasi quella sera nell'ultima fila, si accorse dello stato di prostrazione di Ottiero e quasi gridò per lo spavento: – Tergiversi sta male. Aiuto!

Tutti si voltarono verso Ottiero, che si riscosse un poco e precisò mormorando: – No... è solo un piccolo malessere. Ho bisogno... di andare in bagno.

Formigli lesto decretò una pausa di qualche minuto per permettere a Tergiversi di riprendersi. Durante la sua breve assenza, il silenzio fu interrotto dai brontolii di Antonietta ed Ermenegildo, che accusavano il campo nemico di passare sopra i cadaveri dei bambini e di persone tranquille come Ottiero. Con un cenno, Arturo diede istruzione ai suoi di non controbattere, facendo comprendere che non avevano alcun interesse a reagire a provocazioni di bassa lega.

Ottiero rifece il suo ingresso nella sala prima del previsto, con un piglio ben diverso dal solito: sembrava immerso in una sorta di *trance*, la fronte madida di sudore, gli occhi spiritati e il passo deciso. Aveva rimesso il giubbotto di cotone lasciato all'attaccapanni e teneva il braccio destro piegato al suo interno. Si diresse dritto verso il corridoio centrale ma, invece di riprendere il suo posto nell'ultima fila a destra, lo risalì fino alla seconda fila. Poi girò a sinistra, chiese alla signora Andretta di lasciarlo passare, si spostò ancora in avanti a sinistra e si ritrovò di fronte a Lama. Prima ancora che il colonnello potesse aprir bocca per chiedergli cosa stesse facendo, estrasse fulmineo il braccio dal giubbotto, puntò un piccolo revolver in direzione del cuore del bersaglio e fece fuoco due volte, strillando con un tono meccanico: – Muori, esecrabile creatura!

Arturo riuscì appena a emettere un gemito e a far trapelare il suo totale sbalordimento dallo sguardo, prima di stramazzare a terra. Nella sala si levarono urla di spavento e grida di aiuto. Ottiero, ormai un altro uomo, tranquillizzò tutti gettando il revolver a terra con lentezza, levando le braccia sul capo e dichiarando sicuro: – Nessuno si preoccupi, ho fatto quello che dovevo fare e mi costituisco.

Ci volle tuttavia una manciata di secondi prima che qualcuno riuscisse a muoversi: Pierugo si diresse verso Arturo, si chinò e constatò che il cuore aveva cessato di battere. Disse laconicamente: – È morto.

– Chiamiamo la polizia – suggerì Gaspare De Candussio, un fidato del colonnello, subito appoggiato da Formigli, da Abbondio e poi da tutta l'assemblea. Fu Formigli a effettuare la breve chiamata.

Gaspare, che sembrava aver assorbito lo shock meglio degli altri presenti, avanzò una proposta: – Date le circostanze, l'assemblea è da sospendere qui. Dobbiamo far passare il funerale di Lama. Poi, quando ci saremo calmati tutti, fisseremo una data per riprenderla.

Mormorii e cenni di assenso cominciarono a levarsi dalla metà sinistra della sala ma Ernestina li bloccò quasi sul nascere, perentoria: – Eh no. Questo non è proprio necessario. Per Lama non si può più fare nulla e Ottiero, da bravo cittadino, si costituisce. Procediamo alla votazione sul punto appena discusso.

Ernestina aveva eseguito fulminea i suoi calcoli: se l'assemblea fosse stata rinviata, l'erede o gli eredi di Lama avrebbero conferito la loro delega a qualcuno del suo schieramento, che avrebbe così potuto mantenere la maggioranza dei millesimi per il voto. Era un rischio che non poteva correre.

– Ma... – provarono a opporsi Gaspare e Pierugo.

– Niente ma. La sua proposta non ha senso e poi lei non ha la maggioranza per farla passare – tagliò corto Ernestina, dando per scontato un fatto che in realtà non era stato ancora appurato.

I suoi la seguirono con entusiasmo e si misero a rumoreggiare – Al voto, al voto!

Gaspare, che non aveva la statura del leader, non riuscì a controbattere, così come non poté farlo nessun altro dei suoi compagni di schieramento.

Abbondio comprese che da quel momento Ernestina sarebbe tornata a controllare il condominio e si accodò alla sua posizione, per evitare di inimicarsi la nuova leader indiscussa: – Sono d'accordo anch'io, votiamo adesso e liberiamoci di questo pensiero.

La votazione riservò una sorpresa, perché terminò dieci a dieci. Abbondio aveva pensato che gli conveniva affrontare una discussione con la signora Cioni piuttosto che esprimere una posizione contraria a quella del campo dominante: si astenne quindi anche con il voto di delega. Nessuno dei lamani, ormai allo sbando, gli fece osservare alcunché: i loro animi erano ormai fiaccati come quelli dei soldati che hanno perso la guerra.

Grida di giubilo erupperò dalla metà destra della sala e i mazzani dapprima si abbracciarono l'un altro con grande intensità e poi circondarono Ottiero per manifestargli la loro gratitudine e stringerlo con calore. Ernestina li lasciò fare e fu l'ultima ad avvicinarsi al valoroso combattente. I suoi si allargarono e lei offrì il suo sguardo benigno a Ottiero, che le si inginocchiò e mormorò con voce intrisa di commozione e di pathos, tenendo gli occhi bassi: – L'ho fatto per te, Ernestina, perché tu sei la mia regina e perché tua fosse la vittoria.

– Alzati, o prode Ottiero, ché il tuo animo è nobile quanto quello del più nobile cavaliere: hai saputo immolarti per una causa santa con un coraggio irripetibile.

Siccome Ottiero esitava, lei lo prese per una mano e lo tirò lievemente verso l'alto per farlo rimettere in piedi.

Gli posò il braccio destro sulla spalla e proclamò con tono regale: – Io qui ti nomino *Paladino dell'Ordine della Mazza*. – Poi si rivolse agli altri, enfatica: – Questa è l'onorificenza più elevata che io possa conferire a un uomo, e tutti voi, tutti noi, dovremo manifestare a Ottiero il nostro rispetto, sempre.

Mentre i suoi commilitoni annuivano, l'animo di Ottiero passava dalla commozione intensa all'estasi più profonda: il mondo circostante scomparve e lui volò alto nel cielo insieme alla sua divina sovrana.

La ridiscesa a terra fu dolce, introdotta dalla voce di Ernestina: – D'ora in poi saremo sempre con te, mio paladino. Come prima cosa troveremo un buon avvocato per la tua difesa in tribunale: il tuo gesto dev'essere riconosciuto come un omicidio colposo e nulla di più. Le nostre testimonianze saranno concordi e anche gli altri presenti questa sera si accoderanno. Così sarai condannato solo a qualche anno, e con la buona condotta uscirai anche prima.

Ernestina smise si parlare per qualche attimo, per dar modo ai suoi di poter acclamare la proposta.

– E poi, nobile paladino, in carcere non ti faremo mancare mai nulla: dimmi per esempio quali sono i tuoi frutti preferiti.

Ottiero, sempre più lusingato di essere così al centro dell'attenzione, di essere lui il protagonista quando nella vita aveva fatto l'abitudine a sentirsi ignorato come se fosse una persona insignificante, rispose: – Mi piacciono le fragole, le pesche, le albicocche, l'uva bianca.

– Allora noi ti porteremo a turno la frutta fresca che ti piace, tutti i giorni. E non solo quello. Sarai l'uomo che riceverà più visite in tutto il carcere; faremo meravigliare le guardie e gli altri reclusi.

– Grazie, Ernestina.

Si udì in lontananza l'auto della polizia in arrivo. Sul viso di Ottiero comparve un'ombra, come se l'ululato di intensità crescente delle sirene gli avesse indotto un brusco risveglio dal sogno che stava vivendo.

Ernestina comprese all'istante quanto stava succedendo nella mente del suo prode, gli prese la mano destra e gli disse: – Non ti preoccupare, Ottiero, ti accompagno io dai poliziotti e poi gli parlerò. Non sarai più solo, ricordatelo sempre.

Ottiero le rivolse uno sguardo colmo di gratitudine e la seguì docile, andando incontro al suo destino.

Sophie e il trader

Era una sera di fine marzo: Sophie Ruvo, una giovane donna di ventisette anni, si trovava a un ricevimento a casa del titolare dello studio presso il quale svolgeva il suo tirocinio. Ci era andata convinta di conoscere al più persone interessanti nel suo settore, e in effetti c'erano diversi psicologi e psicoterapeuti, ma non solo... Il suo sguardo si incrociò una prima volta con quello di un giovane molto bello, dal fisico prestante, viso virile, occhi vivi e mobili, sulla trentina. Trovatasi in un'occasione successiva vicina a lui, nella veranda, fu lei a iniziare la conversazione: – Salve. Lei in quale settore della psicologia è specializzato?

E lui, con un sorriso d'attore: – In realtà io lavoro in un altro campo. Mi sono tuttavia occupato di psicologia delle masse.

– Non mi dice allora qual è la sua professione?

– Certo, ma prima vorrei sapere come ti chiami.

– Sophie. Sophie Ruvo. Piacere di conoscerti.

– Il piacere è mio. Io mi chiamo Alessio Guerrini. Senti, come mai ti trovi a questo ricevimento pieno di persone serie e più anziane di te?

– Anche di te, vorrai dire. Ma non dovevi dirmi prima cosa fai per vivere?

– Certo che te lo dico. Ma prima mi dici tu cosa ci fai qui?

"Mmh, è un tipo a cui piace condurre" pensò Sophie.

– Il proprietario di questa bella casa è il titolare dello studio in cui faccio il mio tirocinio. È un'ottima esperienza per me, lui è molto conosciuto nel settore. Adesso però mi dici cosa fai tu e come mai sei qui questa sera.

– Io sono un *trader* presso la sede milanese di una grande società finanziaria. I miei sono amici di famiglia della coppia ospite, anche se questa sera c'è solo mio padre.

– *Trader* – ripeté Sophie sorridendo. – Ecco perché hai studiato anche psicologia delle masse: per cercare di prevederne le reazioni in determinate situazioni del mercato.

– Più o meno, anche se le cose sono un po' più complicate. Senti, tu da quale città vieni? Non hai un vero accento milanese, al di là della tua leggera inflessione francese.

– Sei perspicace. Non sono molti quelli che si accorgono subito che non sono milanese. In effetti sono cresciuta in provincia, e l'università l'ho fatta a Pavia.

Decise di provocarlo un po', per vedere come reagiva, chiedendogli con aria maliziosa: – Ma non è che adesso mi guarderai dall'alto in basso, tu, che invece sei della grande metropoli?

– Certo che no, a parte la differenza d'altezza – sorrise lui. – A me piacciono molto anche le città più piccole, il weekend lo passo spesso fuori città.

Furono interrotti dalla voce del padrone di casa, che richiamava gli ospiti nel salone per un annuncio importante.

Ripresero la conversazione appena possibile. Prima del termine della serata Sophie seppe che il giovane avrebbe giocato un ruolo importante nella sua vita.

Visse un bell'innamoramento, il più bello della sua vita, travolgente per i suoi sensi e per i suoi sentimenti, sebbene non potesse vederlo tutti i giorni: erano entrambi molto impegnati nel lavoro. Dopo circa tre mesi i due ebbero una breve discussione sull'opportunità di cominciare a vivere insieme, ma conclusero subito che la cosa era prematura. Lui aveva bisogno della sua indipendenza, doveva essere reperibile a casa fino a sera tardi, e in fondo anche a lei andava bene così, nonostante abitasse in un piccolo monolocale, in cui aveva comunque saputo costruirsi un ambientino caldo e accogliente.

Una sera di fine settembre, i due si trovavano nell'appartamento di lui, situato in una palazzina degli anni Ottanta in zona San Siro. L'arredamento era moderno e curato anche nei dettagli, e nel soggiorno spiccavano quattro dipinti astratti su tela dai colori vivaci. Mentre stavano apparecchiando la tavola, lei gli chiese come fosse andata la giornata di lavoro.

Con un ghigno di soddisfazione e un tono aggressivo Alessio le lanciò una risposta che la colse di sorpresa:
– Oggi ho fatto un grosso colpo e li ho fottuti quei due imbecilli di Malezzi e Scott. Credevano di fregarmi loro, di arrivare prima di me nel *target achievement,* ma sono io che li ho fregati. A questo punto sono quasi sicuro di essere il primo del gruppo alla fine dell'anno, e il bonus più alto me lo prenderò io.

– Sapevo che il tuo ambiente è molto competitivo. Ma non pensavo ci fosse tutto questo astio tra di voi. I buoni risultati del vostro gruppo non sono dovuti anche allo spirito di squadra?

– Ma vuoi scherzare? Allora non hai capito come funziona nel nostro ambiente. C'è una competizione feroce, bisogna usare i gomiti da mattina a sera. Ogni tuo collega è come minimo un avversario. Tutti puntano a essere tra i primi e non sono esclusi i colpi bassi, basta che non danneggino la società. Lo sai che quest'anno alcuni miei colleghi si sono presi a pugni? In due occasioni. Io comunque non ero coinvolto.

– Non sarebbe da te!

– Certo. Alla fine di ogni anno l'ultimo o gli ultimi due nel *target achievement* vengono licenziati, oppure, se gli va bene, trasferiti a incarichi meno importanti in altri *team*. Quelli come me, che riescono a essere nel gruppo di testa per alcuni anni, oltre a guadagnarsi i bonus più alti, hanno la speranza di diventare un giorno *manager* di un *team*. Come Andretti, il mio *line manager*. – Alla pronuncia di quel nome, Andretti, il viso di Alessio si illuminò per un istante. Subito dopo si accese con ancor maggiore intensità, mentre continuava: – E io quest'anno posso essere il primo, il primo di tutti, lo capisci?

– È davvero così importante per te?

– Certo, tesoro. Da noi è essenziale vincere. Ma adesso basta parlare di lavoro. Andiamo a fare la doccia insieme, e poi...

Lei disse di sì, convinta, ma in realtà meno convinta del solito.

Terminati i giochi amorosi da un po', i due si erano installati sul divano di pelle bianca nel soggiorno, lui con il laptop sulle gambe, Sophie con una rivista di architettura d'interni, che sfogliava distrattamente.

Lei volle ritornare alla discussione precedente: – Posso chiederti una cosa? In un ambiente di lavoro competitivo e stressante come il tuo non c'è il rischio che a qualcuno saltino i nervi? Mi viene da pensare a un caso reale che abbiamo studiato all'università, nel reparto vendite di una grande azienda: un numero anomalo di dipendenti ha avuto l'esaurimento nervoso.

– Anche da noi ci sono stati alcuni casi di *burn-out*, ma si trattava di persone troppo deboli per la nostra attività. È un bene che non siano più di peso per il nostro gruppo.

– Non ti dispiace un po' per loro?

Lui sorrise: – Se mi dispiace? Sai, la compassione è molto rara nel nostro ambiente.

Sophie attese qualche istante, perplessa, prima di ribattere: – Ma tu magari puoi dare il buon esempio.

– Se me lo dici tu, la prossima volta ci penserò, ok?

– Scusa, un'altra cosa. So che i venditori spesso fanno uso di anfetamine per essere più produttivi e lavorare fino a tardi. Nel tuo gruppo non si drogano, vero?

Alessio ebbe un'esitazione insolita per come lei lo conosceva, rapido di mente e veloce nelle risposte. Sophie colse anche un accenno di contrazione sul suo viso. Passato qualche istante, lui disse: – Mah, non so, non credo. Potrebbe anche essere che qualcuno ne faccia uso, ma di sicuro non lo va a dire agli altri. – Il suo tono si fece più secco: – Comunque adesso basta con queste domande! È la tua deformazione da psicologa, ma non applicarla su di me.

– No, non credo. Volevo solo saperne di più sul tuo ambiente di lavoro.

– Va bene, ho capito. Ma adesso andiamo a dormire, che domani avrò una giornata intensa.

La mattina seguente alla discussione col compagno, nel tragitto in metropolitana fino allo studio, Sophie ritornò a mente fredda su quella conversazione. L'aveva sempre conosciuto come una persona decisa ma non immaginava potesse essere così aggressivo. A dire il vero, la sua migliore amica, Daniela, le aveva detto che le sembrava un tipo un po' duro, dopo averlo incontrato in un paio di occasioni. Di solito Sophie ascoltava con attenzione il parere di Daniela, che in passato aveva dimostrato una forte capacità di giudizio in situazioni importanti, ma quella volta non aveva dato grande peso alla sua opinione.

Adesso voleva sperare che il suo ragazzo riservasse l'aggressività di cui era capace solo quando si gettava nell'arena lavorativa, come fa un giocatore di uno sport di squadra a livello agonistico quando scende in campo. D'altra parte si vedeva chiaramente, e l'aveva detto lui stesso, che gli piaceva la competizione.

Era evidente che nutriva una vera ammirazione per il suo capo, Andretti. Le venne in mente che in alcune occasioni Andretti l'aveva chiamato la sera per questioni di lavoro. Una volta l'aveva tenuto al telefono più a lungo del solito, altre volte era stato lui a richiamare il capo con i dati richiesti. Sophie confidava che si trattasse solo di un forte senso del dovere e che la sua ammirazione per Andretti, combinata all'ambizione, non provocasse un oscuramento del suo senso critico. La disciplina era una cosa, una qualità che lei apprezzava e condivideva, ma l'obbedienza cieca era tutta un'altra cosa.

Per giunta, la sua risposta riguardo alle anfetamine non era stata convincente. Ne doveva sapere di più, dovevano essergli noti dei casi concreti di colleghi che ne facessero o ne avessero fatto uso. Sophie escluse l'ipotesi che fosse anche lui stesso ad assumerne, le sembrava impossibile.

Qualche tempo dopo uscirono insieme con gli amici di lei, per il compleanno di un'amica, Valentina. Sophie approfittò solo in parte della serata. Alessio era quasi del tutto assente, partecipava poco alla conversazione, sembrava pensare ad altro. A un certo punto gli squillò il cellulare. Ebbe almeno il riflesso di scusarsi perché si doveva assentare, poi uscì in strada, facendo ritorno solo dopo una ventina di minuti, con l'espressione accigliata. Dal gruppo, un amico di Sophie gli chiese se fosse successo qualcosa di grave, ma lui disse di no. Si trattava di una *work issue* urgente, aggiunse. Poco dopo Sophie gli chiese se l'aveva chiamato Andretti. In realtà conosceva già la risposta e lui gliela confermò. Poi seguitò a essere assente per tutta la serata. Sophie decise di tornare a casa da sola: era arrabbiata, ma gli disse solo che era molto stanca e aveva un forte mal di testa. Non aveva voglia di iniziare un litigio così tardi nella notte. Voleva parlargli a mente fredda di tutte le cose che non andavano.

L'indomani, era sabato, Daniela la chiamò. Le chiese come stesse, poi, esitante, le disse: – Sophie, scusa, lo so che è una cosa delicata, ma tu sei la mia più cara amica e le buone amiche non devono tenersi nascoste le cose. Ecco, quello che ti volevo dire è che nessuno di noi ha trovato Alessio simpatico ieri sera. Ci ha quasi ignorati. Detto in parole povere, sembrava che gli fregasse ben poco di noi. Lo so che sei innamorata, ma te ne sarai accorta anche tu, no?

– Certo, Daniela. Sto per chiamare Valentina per scusarmi con lei. Mi è sembrato comunque che a Valentina sia piaciuta molto la festa: il comportamento del mio amico è stato un dettaglio secondario per lei, lo conosce a malapena. Ho intenzione di parlare con lui al più presto di come si è comportato ieri sera.

Si fermò un istante e decise di tenere per sé che la sera prima avrebbe potuto litigare col compagno. Daniela ne approfittò per riprendere la parola all'altro capo del telefono: – Grazie Sophie. Sai, stamattina ero piuttosto combattuta se parlarti in modo così franco. Non vorrei mai rischiare che qualcosa possa incrinare la nostra amicizia.

– Ti ringrazio io, Daniela. Non preoccuparti, ti capisco benissimo. Sai, sono una psicologa.

Risero entrambe, quella era una delle loro battute *passepartout*. Nel corso della loro lunga amicizia, iniziata ai tempi del liceo, avevano via via condiviso tutta una serie di modi di dire e di battute. Daniela si era laureata in fisica e si era trasferita a Milano pochi mesi prima di Sophie. Solo di aspetto fisico differivano molto: Sophie era di altezza media, aveva la pelle ambrata, i capelli corvini e gli occhi di un marrone profondo; Daniela era più alta e aveva carnagione, capelli e occhi chiari.

– La prossima volta usciamo solo te e io. Ti andrebbe bene giovedì? – continuò Sophie.

– Sì, giovedì va bene.

– Beh, allora buon fine settimana. Ci risentiamo per giovedì.

Il pomeriggio, Alessio la chiamò: – Ciao Sophie. Senti, ci vediamo domani subito dopo pranzo? Sai, anche se è domenica la mattina devo finire di preparare delle *slides* per una *presentation* la settimana prossima. Oggi proprio non ce la faccio.

– Va bene. Ti va di andare in centro? C'è la mostra sugli impressionisti italiani a Palazzo Reale. Anche a te piace l'impressionismo. Poi potremmo fare una passeggiata e andare in qualche locale, decidendo sul momento.

– Va bene. Passo da te intorno all'una e mezza, ok? A domani, tesoro.

– A domani.

Ecco, l'indomani, dopo la visita alla mostra, sarebbe stato il momento di confrontarsi con lui.

La raccolta di tele era al più alto livello e c'erano anche alcuni dipinti famosi di impressionisti francesi. La gradirono molto.

All'uscita, Sophie sapeva che avrebbe turbato il suo buon umore: – Alessio, vorrei parlarti della festa di compleanno di venerdì sera.

– Ohi ohi, come sei seria – la interruppe lui con tono scherzoso.

– Sì. A te piace affrontare le questioni in modo diretto, allora è in modo diretto che ti parlerò. Non mi è piaciuto come ti sei comportato con i miei amici. Li hai praticamente snobbati. Sembrava che non ti importasse nulla di quello che dicevano, che ti annoiassero e basta. Si è visto, lo hanno notato tutti.

– Come sarebbe a dire che lo hanno notato tutti? Hai parlato di me con tutti i tuoi amici? Se così fosse, non sarebbe proprio carino da parte tua.

– Ma no, solo con Daniela e con Valentina. Adesso vedi di rispondermi, per favore.

Lui cercò di minimizzare: – Ma no, cos'hai capito? Ero soltanto un po' distratto, aspettavo una telefonata di Andretti. Dai, che mi sono anche scusato, quando sono uscito. Poi ho continuato a pensarci un po' su: si tratta di una cosa molto importante per me.

– Di cosa?

– Andretti mi ha detto cos'altro devo fare per avere la certezza di essere il primo, quest'anno. Farò quel che mi ha detto e la vittoria sarà mia.

– Ne sei proprio sicuro? Come puoi escludere che Andretti, che è abilissimo nel mettervi in competizione, non chiami anche Malezzi e Scott, o qualcun altro, per dirgli le stesse cose e far credere a ciascuno di voi di poter essere il primo? Ma non vedi che non fa che alzare la posta per farvi lavorare sempre di più?

– No, non credo proprio. Te l'ho detto, quest'anno sono io ad avere il miglior indice di *target achievement*, e Andretti mi ha suggerito come rendere incolmabile il mio vantaggio. È vero che aveva parlato con me anche l'anno scorso, quando ero solo secondo in classifica, e mi aveva dato un paio di consigli per migliorare la mia *performance*. Ma quest'anno è diverso. Comunque, è inutile ragionarci sopra: se io non facessi come dice, perderei la stima che lui ha per me e metterei a rischio la mia vittoria di quest'anno. Quindi il problema proprio non si pone.

– Ho capito, non hai scelta. Un'altra cosa, però: ti rendi conto che quando parli usi un sacco di parole inglesi? Capisco se devi usare questo linguaggio misto sul lavoro. Ma sentir parlare così nella vita di tutti i giorni dà fastidio a molte persone e a me non piace proprio: è un peccato rovinare una lingua musicale com'è l'italiano.

– Sì, ma anche tu usi alcuni termini da psicologa nella lingua di tutti i giorni, e manco te ne accorgi. Per me è uguale. Comunque, dato che me lo chiedi, cercherò di fare più attenzione d'ora in poi. Lo sai che non sono capace di dirti di no.

Quell'ultima frase l'aveva pronunciata facendo una simpatica faccia da schiaffi: sapevano entrambi che non era vera. Contribuì all'effetto positivo che la conversazione aveva avuto su Sophie, che adesso vedeva meno nero di prima.

Lui le disse ancora: – Tesoro, adesso parliamo solo di cose belle. Per esempio dei quadri che ci sono piaciuti di più. Andiamo a prenderci qualcosa da bere in un bel caffè qui vicino. E poi andiamo *chez moi ou chez toi?*

– Mi prendi in giro – sorrise lei. – Adesso sostituisci l'inglese col francese! Comunque oggi decido io. Vieni da me.

– Bene, da te. E sai che non mi permetterei mai di prenderti in giro. – Aveva fatto la stessa faccia da schiaffi. Era riuscito a ricreare la giusta atmosfera tra di loro.

Il venerdì seguente Sophie raggiunse Alessio nel suo appartamento poco dopo le venti, portando solo una mezza torta alla frutta, in quanto lui le aveva detto che avrebbe preparato quasi tutto. Nel soggiorno, una lampada a stelo diffondeva una calda luce di bassa intensità, l'impianto stereo suonava una lounge music in sottofondo e un candelabro di cristallo con tre candele di cera chiara decorava il tavolo rettangolare, coperto con una tovaglia bianca dal disegno discreto e imbandito di tutto punto.

Con un sorriso luminoso dipinto sul volto, Sophie chiese al suo compagno: – Che bello! Ma c'è un'occasione speciale oggi?

– Ogni serata con te è un'occasione speciale, Sophie – rispose lui con un sorriso altrettanto solare.

– Oh... mi lasci senza parole.

– È la reazione giusta – ammiccò lui.

Sophie gli gettò le braccia al collo e lo baciò.

Terminati un risotto alla milanese, ottimo pur in assenza di midollo di vitello, e una ricca insalata mista con mozzarella di bufala fresca, Alessio le disse con voce suadente: – Chiudi gli occhi adesso, che ho una sorpresa per te.

– Ancora una sorpresa? Cosa ho fatto per meritarne così tante oggi?

– Perché tu sei quello che sei: non c'è altra ragione.

Anche con le palpebre abbassate, il viso di Sophie irradiava contentezza. Sentì i passi di lui mentre si allontanava dal soggiorno e un istante dopo mentre ci ritornava.

Alessio le sussurrò: – Adesso puoi aprire gli occhi.

Sophie vide un foglio di carta e il suo sguardo assunse una sfumatura interrogativa.

– Guarda bene, tesoro.

Era la conferma per una donazione di ottocento euro a una Onlus attiva nel sostegno ai bambini orfani, in Italia e all'estero. Una responsabile ringraziava Alessio Guerrini per la donazione.

– È una donazione generosa! L'hai fatta per un'occasione particolare?

– No, ma era da tempo che volevo fare qualcosa, e all'improvviso mi è venuto l'impulso e sono andato sul loro sito. Non sai quanto mi sono sentito bene: si tratta di bambini orfani, hai visto?

– È un aspetto di te che non conoscevo ancora, questo tuo interesse per i bambini sfortunati. Sono fiera di te, Alessio.

Gli si avvicinò e gli diede un bacio spontaneo.

– Ti sei proprio meritato una bella fetta di torta. Vado a prenderla io in frigo.

Sophie si voltò per dirigersi in cucina, ma prima ancora che si fosse girata completamente colse con la coda dell'occhio il sorriso di Alessio. Senza quasi che se ne accorgesse, sul suo volto se ne formò come di riflesso un altro.

Lui fu poi un amante appassionato e il resto della serata fu splendido per lei, come lo erano state le serate all'inizio della relazione, anzi di più, perché aveva ritrovato il suo vero compagno.

A metà dicembre Alessio chiamò Sophie, euforico: – Sophie, stasera ti porto in uno dei migliori ristoranti del centro, vicino alla Scala. Dobbiamo festeggiare. Ho vinto. Hai capito? Quest'anno ho vinto io!

– Congratulazioni, tesoro. Va bene, stasera rinuncio volentieri alla palestra.

– Passo a prenderti alle sette e mezza.

In macchina, nonostante guidasse, fu un fiume in piena: – È stato fantastico. Oggi ho raggiunto uno degli obiettivi della mia vita. Me lo sono meritato, ho lavorato così duro per arrivarci. Che bello sentire Andretti annunciare i nomi dei cinque migliori di quest'anno, in senso inverso. Il quinto, poi il quarto, ma sapevo di non poter essere così in basso. Poi Delvecchio, terzo, Malezzi, secondo. A quel punto sapevo già di aver vinto. Poi il mio nome, Andretti ha pronunciato il mio nome, e decine di colleghi ad applaudire, una vera apoteosi. Andretti ha fatto un breve discorso, ha detto che sono un esempio da seguire per tutta la società. Poi ho preso io la parola, l'ho ringraziato, ho detto che se avevo raggiunto questi livelli gran parte del merito era suo, che è un manager eccezionale, un modello per tutti noi, è come un secondo padre per me. Con la sua guida l'anno prossimo faremo ancora meglio, non è un semplice auspicio ma una certezza. E i colleghi mi hanno applaudito ancora e sono venuti a congratularsi con me. Ma si vedeva che per quasi tutti erano solo delle congratulazioni pro forma, non erano sinceri, in realtà erano invidiosi. Solo Tafuri era sicuramente sincero, ma quello è uno degli ultimi, un perdente, non potrà mai arrivare ai miei livelli. E che goduria quando è venuto Malezzi a stringermi la mano, brevemente, quasi senza guardarmi in faccia, come si vedeva che gli rodeva dentro, che avrebbe preferito sparire, ma era obbligato invece a riconoscere il mio trionfo. Ah ah, l'ho sconfitto, questa sera sarà depresso e stanotte non chiuderà occhio...

– Ma non capisco, sembra quasi che per te sia più importante che Malezzi stia male, rispetto al fatto che hai lavorato duro e sei stato il migliore.

– No, no, non è così. E la vittoria di quest'anno mi darà lo slancio per aumentare ancora la mia *performance,* per continuare ad avvicinarmi al mio vero obiettivo, prendere entro un paio d'anni il posto di Andretti, essere come lui, quando lui sarà promosso.

– Insomma, è un vero dio – disse Sophie ironicamente.

Ma lui era talmente in preda alla sua esaltazione che non colse nemmeno l'ironia di lei, cosa che la sorprese moltissimo: – Certo, è come se fosse un dio. Ma io non userei questo termine, direi piuttosto che è una specie di superuomo, con un *quid* particolare, che pochissime persone hanno. E un giorno io potrò essere come lui.

Com'era già accaduto, Sophie non poté approfittare veramente della serata, nonostante l'ambiente ricco d'atmosfera del ristorante e la qualità delle portate, tra le quali dei superbi ravioli di branzino alle vongole e carciofi. Non avrebbe voluto fare sesso quella sera, ma sentiva di non potergli dire di no in un'occasione così speciale. Passarono quindi la notte da lui.

Quando si videro la volta successiva, Alessio le raccontò gli ultimi sviluppi nella società: – Oggi Andretti ci ha comunicato i nomi dei due che da subito non fanno parte del nostro gruppo. È stata una scelta razionale, come lo sono tutte le sue scelte, non sbaglia un colpo. Ci lasceranno l'ultimo e il terz'ultimo di quest'anno.

Sarà bene dimenticarsi presto di loro. Ha voluto dare ancora una chance a Martinuzzi, che è arrivato solo penultimo perché ha perso molti giorni a causa delle fratture che si era procurato per una caduta sugli sci.

Sophie volle scavare un po' più a fondo su ciò che il suo compagno pensava riguardo ai due ex-colleghi. Gli pose una domanda simile a quella fattagli tempo addietro, formulandola in altro modo: – Ma non ti dispiace un po' per i due che non sono più con voi?

– Certo, mi dispiace per loro, ma non è colpa mia se sono così scarsi. Significa che non sono adatti a questo lavoro, troveranno altro. Scegliendo di eliminarli dal gruppo, Andretti non ha fatto altro che gli interessi della nostra società, che si deve tenere solo i migliori. In molti casi è persino un dovere morale liberarsi di quelli che hanno un basso rendimento.

– Immagino che Andretti segua anche il suo tornaconto, tenendovi tutti sotto pressione e facendo fuori i meno produttivi.

– Certo, è ovvio che l'ammontare del suo bonus, che è molto alto, te lo posso assicurare, dipende dal grado di *target achievement* globale del gruppo. Però devi vedere la cosa sotto un altro punto di vista. Se Andretti persegue il suo interesse in tutto quello che fa, e ciascuno del gruppo fa lo stesso, e il maggior numero possibile di persone si comporta allo stesso modo, questo permette alla società di avanzare più rapidamente. La somma di tanti interessi particolari dà l'interesse globale. Maggiore è la somma, migliore è il risultato per la società nel suo complesso. Questo è un motore formidabile di sviluppo.

– Non hai nessun dubbio su quello che dici?

E lui, un po' spazientito: – I dubbi tormentano chi ha una visione utopica della società. Il principio che ti ho appena esposto lo trovi in tanti manuali d'economia e ha un evidente valore empirico: il nostro gruppo funziona con questo principio e ottiene grandi risultati. Applicando chissà quali altre filosofie, si potrebbe soltanto peggiorare. E di esempi analoghi ce ne sono tanti.

Un'argomentazione piuttosto tautologica, la sua, pensò Sophie. Ma non volle continuare la discussione, visto che lui sembrava troppo convinto delle proprie tesi. Tesi che somigliavano pericolosamente alle linee di difesa seguite da alcuni grandi speculatori, di cui Sophie si ricordava di aver letto, quando venivano accusati del fallimento di aziende che apparivano solide, prima di essere da loro acquisite e poi spremute in tutti i modi.

Era sempre nell'interesse generale che agivano, fosse che licenziassero i dirigenti in carica fino ad allora, che tagliassero una parte del personale, che smembrassero l'azienda in più parti, magari in una parte sana con le risorse finanziarie e una *bad company* con i debiti. Era sempre per renderle più efficienti, per farle girare al meglio, fornendo quindi un servigio alla società nel suo complesso e alla nazione. Insomma, dei veri filantropi, ecco che cosa erano, solo chi aveva una visione del mondo ristretta non poteva capirlo, ponendoli addirittura sul banco degli accusati invece di erigerli a modello ultimo da imitare e da seguire.

Il sabato di quella settimana, lui la chiamò qualche minuto dopo le dieci: – Tesoro, oggi devo lavorare molto ma farò di tutto per essere libero per la sera. Vuoi che usciamo o vengo una volta da te? Decidi tu.

Aveva di nuovo quella voce virile come sempre ma dolce che la attraeva tanto.

– Vieni da me se hai così tanto da fare: preparo tutto io e passiamo una serata tranquilla.

– Perfetto Sophie, un po' di tranquillità è quello che mi ci vuole. A stasera, tesoro.

Lo vide arrivare con un abbigliamento più rilassato del solito, sotto l'impeccabile cappotto di lana monopetto nero: jeans e maglione a rombi sopra una camicia verdina. Col solito sorriso accattivante, Alessio le porse un variopinto mazzo di fiori, dicendole: – Tu sei la mia oasi di tranquillità nei mari procellosi che sono solito navigare – e le diede un tenero bacio sulla guancia.

La fragranza dei fiori e la frase a effetto misero Sophie nella migliore disposizione d'animo: il Natale stava per arrivare e lei avrebbe potuto trascorrerlo insieme alla vera natura del suo compagno, fu il pensiero che le attraversò la mente.

Doveva ancora servire il secondo, un pollo arrosto con rosmarino e patate al forno, quando lui si alzò un attimo per prendere un foglio di carta dalla tasca interna del cappotto. Sophie comprese al volo dall'espressione di Alessio di cosa si dovesse trattare, ma quando lui glielo mise davanti, lesse che con la somma di mille e cinquecento euro Alessio Guerrini era stato uno dei donatori più generosi della Onlus nell'anno 2008 e il consiglio direttivo lo ringraziava di cuore. Ancora meglio di quanto si fosse immaginata! Gli si gettò al collo e lo strinse forte a sé:

– Bravissimo, Alessio, non sai quanto sono orgogliosa di te.

– Non è nulla, ma almeno forse il volto di qualche bambino sfortunato sarà illuminato dal sorriso un po' più spesso.

Il periodo natalizio fu delizioso e l'ultimo fine settimana dell'anno, trascorso in uno chalet di montagna in Trentino, fu come una breve luna di miele. L'incanto durò fino all'Epifania.

Sophie sperava che la tranquillità di quei giorni potesse proiettarsi nel futuro: in fondo, il suo compagno aveva raggiunto un traguardo importante e un calo della tensione nel periodo iniziale dell'anno sarebbe stato comprensibile.

Alessio riprese invece a essere nervoso come prima, anzi più spesso di prima. Sophie gli chiese perché non riuscisse a rilassarsi un po', dopo il grande risultato conseguito. Lui le rispose che aveva vinto solo una battaglia, non la guerra. Inoltre adesso era al centro dell'attenzione, era quello da battere e poteva attendersi qualche brutto tiro, non solo da Malezzi e Scott, ma anche da qualcun altro. Ad esempio un nuovo collega, arrivato nel gruppo solo l'anno prima, lo odiava sicuramente. E poi contava di diventare l'uomo di fiducia di Andretti: era un passo necessario per poter prendere il suo posto un giorno. E questo non era affatto scontato, nonostante lui apparisse in testa. Non poteva quindi dormire sugli allori, al contrario, doveva dare di più.

Una sera di fine gennaio, passate le dieci, lui le telefonò per annullare la sua partecipazione a una festa con gli amici di Sophie, la sera seguente. Sophie ci rimase male: avevano deciso l'uscita insieme molti giorni prima. Due settimane dopo, per ripicca, adducendo una ragione di famiglia, fu lei a decidere di non partecipare a un'occasione sociale del gruppo di lui, alla quale erano invitati anche i partner. Alessio ne fu abbastanza seccato e non mancò di farglielo notare al telefono.

Sophie cominciò a osservare una tendenza non piacevole anche quando facevano sesso. Talvolta Alessio pareva concentrato solo su se stesso e non badava più di tanto alle reazioni della compagna; il rapporto durava di meno e non poteva essere soddisfacente per lei. Col passare del tempo quella tendenza si accentuò: lui fu sempre meno l'ottimo amante che era stato in passato, anche con quel fisico magnifico, che sembrava sprizzasse testosterone da tutti i pori.

Le telefonate di Andretti si fecero più frequenti e un paio di volte vennero interrotti anche mentre erano a letto. Eh sì, perché non si poteva far attendere Andretti, bisognava rispondergli subito, non si poteva mica richiamarlo dopo. E come cambiava il suo tono di voce quando parlava con lui: da deciso, virile e dominante che era, mutava in quello di un subalterno cronico, di uno scagnozzo adorante, di un *ominicchio*. Questo fatto l'aveva notato fin da subito, ma ormai le dava proprio fastidio. Come poteva un uomo, che d'abitudine si comporta come un pit-bull ringhiante nei confronti degli altri, trasformarsi in un chihuahua scodinzolante al cospetto del suo capo?

Le venne in mente di aver letto dei rapporti di vera e propria sottomissione che si possono instaurare ai livelli più alti di un'organizzazione, fra una persona e il suo immediato superiore gerarchico. Questi richiede un'obbedienza e una fedeltà assolute e il sottoposto si compiace di concedergliele, di cercare di soddisfare ogni ordine ricevuto dal capo. Insomma, stava succedendo quello che Sophie aveva temuto tempo addietro riguardo al rapporto tra il suo compagno e Andretti. Non poteva capirlo, non poteva sopportarlo, lei, che possedeva un forte spirito indipendente e ne andava fiera.

Sophie cominciò a chiedersi se avesse senso continuare quella relazione, che pur aveva avuto una prima fase travolgente e altri periodi magnifici. Le distanze tra loro stavano aumentando, nel comportamento e nell'attitudine verso la vita. L'attrazione fisica, da sola, non poteva bastare. Ci volevano ragioni più profonde per restare insieme e ormai dubitava di poterne trovare.

Una sera, mentre si stavano rilassando dopo una fase d'intimità, notò che il polso di lui era piuttosto accelerato. Strano, pensò, non stava mica facendo sport, ed era passato un buon quarto d'ora dallo scambio di effusioni amorose. Poco dopo fece finta di accarezzargli l'avambraccio per sentirgli il polso di nuovo: era accelerato come prima. Passati alcuni minuti, glielo prese una terza volta: continuava a battere veloce. Allora gli chiese: – Non stai bene? Lo sai che hai il battito accelerato?

E lui, con una punta di imbarazzo: – No, no... può darsi che dipenda dal fatto che oggi sono stato in palestra e ci ho dato dentro.

– Strano, però, sei stato in palestra tre-quattro ore fa, in condizioni normali avresti recuperato.

– Ehm, non è solo la palestra, è che oggi ho avuto una giornata molto stressante.

– Sì, ma da quello che mi racconti, le tue giornate lavorative sono sempre stressanti. Se il tuo fisico comincia a reagire così devi fare attenzione. Forse dovresti andare dal medico per un controllo.

– No, in questo periodo non ho tempo. Magari tra un mese o due. Ma vedrai che non sarà necessario, è solo una cosa passeggera.

– E già, il *superman* non ha mai bisogno del dottore.

Fino a qualche tempo prima, Sophie gli avrebbe lanciato la battuta accompagnandola con un sorriso. Ma quella volta non ci riuscì. Volle tornare a casa, adducendo la scusa che era meglio che restasse tranquillo da solo, visto che era agitato. Fu colta da un grave sospetto: fino ad allora non aveva potuto crederlo, ma se fosse stato lui stesso a fare uso di anfetamine? Alcuni dei sintomi erano presenti: agitazione, aggressività, tachicardia. Cercò di convincersi che non poteva essere vero, ma non ne era più così sicura. Quella notte ci mise molto tempo prima di riuscire a addormentarsi. Se mai avesse scoperto che quella era la verità, la sua opinione di lui avrebbe subito il colpo di grazia, e ne avrebbe tratto le conseguenze.

L'indomani, Alessio la chiamò sul cellulare a metà pomeriggio, un'ora insolita: – Ciao Sophie, scusa, hai un minuto di tempo?

– Sì, per tua fortuna sono in un momento di pausa.

– Bene, non ti disturbo a lungo. Lo sai che per me è difficile chiamarti quando sono sul lavoro, ma ho proprio bisogno di parlarti. Sai, avevi ragione tu, ieri ero troppo agitato, ma oggi va meglio. E credo anche che

potrò liberarmi sabato pomeriggio. La sera usciamo?
Ti porto in un posticino nuovo.

– Va bene, sono libera.

– Alle sette e mezza alla fontana di Piazza Castello,
ok?

– Ok.

Sophie aveva accettato senza troppo entusiasmo ma
poi si convinse che una chance gliela poteva ancora
dare.

Il sabato, poco prima delle undici, soddisfatti della
cena nella trattoria appena scoperta, giunsero a casa
di Alessio. Messisi comodi, lui le disse: – Sai tesoro,
questa sera avrei solo voglia di coccole tranquille, di
abbracciarti, di stringerti. Va bene anche a te o vuoi
qualcosa di più?

– Certo che va bene anche a me – disse Sophie, e
mentre pronunciava quelle parole pensava che la persona di fronte a lei era di nuovo l'Alessio amabile, de-
siderando ardentemente che fosse quello vero.

– Vorrei prima mostrarti una cosa.

– La tua prima donazione di quest'anno?

– No, aspetta un secondo.

Prese da un cassetto della credenza una foto in grande formato e la porse a Sophie. Davanti a una palazzina
bassa con le pareti di un giallo tenue rilassante c'era lui
accanto a una donna di mezza età, attorniato da sette
bambini.

– Sei stato in uno dei loro villaggi, vero?

– Sì, sono tutti orfani, e la donna è un'educatrice.

– Hai un bellissimo sorriso in questa foto. Scom-
metto che sul lavoro non hai mai un'espressione così
serena.

Alessio non sembrò gradire del tutto quella battuta a doppia faccia, ma la sua perplessità durò solo un momento, finché Sophie aggiunse: – Dai, oggi te le sei meritate un po' di coccole.

La domenica, a metà mattinata, Sophie era appena salita sulla metropolitana, congedandosi da Alessio che l'aveva accompagnata a piedi fino alla stazione, quando più pensieri le agitarono la mente: perché Alessio le aveva mostrato quella foto? Per farsi bello con lei? Recitava solo una parte quando era con lei, per nascondere la sua vera natura? Quel dubbio continuò a tormentarla e le guastò la domenica: chi era il suo compagno in realtà?

Diciannove giorni più tardi, di sera, erano a letto e stavano facendo l'amore, prima lui sopra di lei, con dei movimenti che le parvero quasi del tutto meccanici, con ben poco trasporto, poi lei sopra di lui. Sophie aveva assunto il controllo della situazione, anche perché da parte di Alessio non veniva quasi nulla, a eccezione di qualche minimo guizzo. "Va beh, oggi lascia fare a me" pensò in un primo momento. Poi però vide il suo viso, quel viso. Stava pensando ad altro, era evidente, ma a chi o a che cosa? Forse a un'altra donna? Riuscì appena a concludere quella riflessione che lui ritornò presente e le dedicò uno sguardo. "Meno male, si è distratto solo un attimo" pensò Sophie, e infuse una maggiore energia nei suoi movimenti. Ma l'attenzione di Alessio svanì di nuovo, tanto che da quel momento le sembrò di stare sopra a poco più che un manichino.

Ma come poteva, come poteva, si chiese Sophie, un uomo deviare in quel modo la propria attenzione nei momenti di massima intimità con la sua compagna? Sentì la rabbia montare inesorabile dentro di sé e seppe che quella sarebbe stata l'ultima volta che facevano l'amore. Il viso di lui mutò soltanto negli istanti in cui raggiunse il suo apice. Sophie continuò a muoversi su e giù ancora per un po', simulò un orgasmo non intenso e si staccò dal compagno.

Gli chiese con aria indifferente se attendesse qualcosa di importante quella sera. Lui le rispose che non ne era sicuro, ma doveva chiamarlo Andretti. Se l'avesse fatto, sarebbe stato un ulteriore punto a suo favore, perché avrebbe significato che Andretti lo sceglieva per assegnargli un altro compito molto delicato, che solo il suo uomo di maggior fiducia poteva svolgere. Dopo nemmeno cinque minuti squillò il telefono. Sophie non ebbe bisogno di chiedere di chi si trattasse. Uscì dalla camera da letto, non volendo più sopportare il tono dimesso di lui.

Vi rientrò solo al termine della telefonata, dopo quasi mezz'ora. Era furiosa, non poté più contenersi e gli disse con tono acido: – Da come parlavi immagino fosse ancora il tuo dio.

– Cosa diavolo vuoi dire? – la interruppe subito lui.

Sophie gli riversò contro tutto il suo sarcasmo rabbioso: – Lo sai cosa si dice dei cani, no? Che hanno solo un grave difetto, quello di avere un dio, l'uomo. Se fossero atei sarebbero perfetti. Beh, quello che vale per i cani vale anche per te: se tu non venerassi il dio Andretti e fossi ateo saresti molto migliore.

Alessio ribatté a sua volta, gridandole con un'aggressività che non aveva mai raggiunto con lei: – Ma cosa dici, sei andata fuori di testa? Non ti permettere più di parlarmi così, capito?

Accennò un movimento della mano destra e per un istante le sembrò che si preparasse a darle uno schiaffo. Tuttavia, dopo un respiro profondo, Alessio continuò, appena un po' meno alterato: – È da tanto che cerco di spiegarti quanto è importante quello che faccio, ma proprio non ci arrivi, vero? Non mi ero reso conto finora che tu fossi così incapace di comprendere. È per questo che sei ancora soltanto una stagista.

– Ma va a quel paese. Chi non capisce quello che succede sei tu.

– Continui a essere agitata. Adesso è meglio che vai a casa, ti calmi, ci dormi sopra e domani non la vedrai così nera.

– Certo che vado a casa, non ho bisogno di sentirmelo dire da te.

Sophie si rivestì e rispose appena, mentre chiudeva la porta di casa, al saluto routinario di buona notte che lui le rivolse. Si diresse verso l'ascensore, premette il pulsante per chiamarlo, attese che si aprisse ma non vi entrò. Ritornò sui suoi passi, fino ad avere il campanello dell'appartamento a portata di mano, esitò a lungo, poi finalmente riuscì a pigiarlo. Lui aprì e le chiese con un'espressione di sorpresa: – Cosa c'è ancora?

Lei prese un lungo respiro e parlò, nervosamente, tutto d'un fiato: – È finita, ti lascio. Non ha più senso che stiamo insieme, siamo troppo diversi io e te. Avrei dovuto rendermene conto prima. Ti dico un'ultima cosa: stai attento a non esagerare col tuo lavoro, potresti farti male. Io adesso devo pensare a me stessa, e tu non fai più parte della mia vita. Addio.

Si girò e fece per dirigersi verso le scale, che erano più vicine dell'ascensore, come per scappare via il più velocemente possibile, ma Alessio riuscì a fermarla, usando un tono suadente: – Aspetta, non vuoi sentire quello che ho da dirti?

Un impulso irresistibile la fece voltare verso di lui.

– Avvicinati un po'.

Sophie avanzò di un passo incerto, poi di un altro.

In un istante vide l'espressione del volto di lui cambiare da mite in gelida, e la mutazione avvenne così rapidamente che non le fu possibile mettersi sulla difensiva. Per un attimo ebbe il timore che lui volesse reagire con violenza, poi venne investita da una voce dura e tagliente: – Sophie, guarda che a pensare per primo che tra di noi è finita sono stato io. Non te l'ho detto prima per evitare una scenata, sembravi una nevrotica. Io ho i miei obiettivi, che tu non riesci a capire, e tu non fai più parte dei miei obiettivi. Mi sono stufato di te e la libertà mi farà bene. Nelle feste del mio gruppo posso conoscere delle ragazze fantastiche, come è successo l'ultima volta, quando non sei voluta venire. Quanto a te, smettila di farti tante seghe mentali su tutto e vedrai che starai meglio. Addio!

Alessio aveva inasprito ancora di più il suo tono mentre pronunciava le ultime parole. Chiuse la porta di scatto.

Sophie rimase immobile per lunghi momenti, come un pugile suonato. Aveva appena ricevuto una gragnola di colpi, e non sapeva quale le avesse fatto più male. Si riscosse e si diresse mogia verso casa. Fu più volte sul punto di piangere, ma finché rimase in metropolitana riuscì a trattenersi. Cedette una prima volta poco prima di giungere nel suo appartamentino. Una volta dentro, scoppiò in maniera definitiva. "Sfogati", si diceva, "lasciati andare, che ti farà bene". Quando non ebbe più lacrime, il pianto lasciò piano piano il posto al singhiozzo. Entrò in bagno, si sedette sul gabinetto e liberò la vescica, si sciacquò appena le mani e la bocca al lavandino, badando bene a non guardarsi allo specchio, poi si diresse verso il letto e vi si gettò sopra.

Si rigirò un numero indefinito di volte, incapace di addormentarsi. Si alzò per bere un bicchiere d'acqua, poi di nuovo per prendere un sonnifero naturale. Dopo un po' le parve che facesse effetto. In realtà era solo stanchissima, si sentiva uno straccio.

Alcuni pensieri su quello che ormai era il suo ex le ronzavano in testa: conoscendo il suo carattere, era il tipo di persona che non avrebbe mai ammesso che era stata Sophie a dirgli per prima che lo lasciava: di sicuro aveva pronta una versione da raccontare ai colleghi, tipo che si era liberato della sua amica quando si era reso conto di quanto fosse complicata e complessata. Ci avrebbe dato dentro alla prossima festa sociale, così nessuno avrebbe potuto dubitare della sua versione, avrebbe conosciuto una delle ragazze fantastiche di cui aveva parlato e avrebbe avuto una relazione solo fisica con lei.

Era triste, ancora più triste di prima, e le lacrime ripresero a sgorgarle dagli occhi. Si asciugò il viso e una riflessione si fece strada nella sua mente: non valeva proprio la pena soffrire in quel modo per quella canaglia. Questo, almeno, era quanto le suggeriva la sua parte razionale. Tuttavia non era semplice convincerne anche la sua parte emotiva. Passò una notte quasi insonne.

Il mattino seguente, per fortuna era sabato, a un'ora inoltrata, chiamò Daniela: – Ciao Daniela. Ho bisogno di parlarti e di sfogarmi con te. Lo sai, ci siamo lasciati. Questa notte. Non poteva più andare avanti così.

– Mi dispiace, Sophie... sarai proprio giù. Dobbiamo parlarne di persona. Vieni da me quando vuoi, questo pomeriggio.

– Alle tre?

– Alle tre, se vuoi anche un po' prima.

Sophie tirò un sospiro di sollievo: aveva proprio bisogno di vedere Daniela, che le dimostrava una volta di più quanto potesse contare su di lei. Trascorse il tempo alternandosi tra il letto e la poltrona e mangiò pochissimo, prima di uscire. Non appena ebbe varcato la soglia del suo appartamento, Daniela l'abbracciò. Vide che gli occhi di Sophie erano umidi e le disse con tenerezza: – Lo so come ti senti, Sophie, ci sono passata anch'io quando mi sono separata da Carlo. Il primo periodo è stato proprio brutto. Ma dimmi una cosa: sei tu che l'hai lasciato, vero?

Sophie annuì: – Sì, anche se lui racconterà il contrario.

– Di quello che farà lui non ti deve importare più nulla. Hai fatto bene a lasciarlo. Il tuo compagno non mi piaceva, non piaceva a nessuno di noi. Certo, di bello era bello. Ma non eravate fatti l'uno per l'altra. Non avevate un futuro insieme.

– È quello che pensavo da un po' di tempo, e ieri ne ho avuto la certezza.

– Ecco, vedi che anch'io ne capisco qualcosa, anche se non sono una psicologa?

Sophie abbozzò un sorriso, ma si fece subito di nuovo seria: – Eppure... aveva il suo lato buono ma... era come il Dottor Jekyll e Mister Hyde.

– E il suo lato da Mister Hyde era più forte e alla fine ha prevalso.

– Però sembrava sincero quando mi mostrava le sue donazioni per i bambini orfani.

– Sei sicura che non fosse solo una scena per fare colpo su di te?

– Sì, potrebbe essere... ma non ha più alcuna importanza.

– Sarebbe proprio un modo perverso di comportarsi: fingersi generoso solamente per impressionarti.

– Ma c'è una cosa ancora peggiore: io pensavo che fosse uno con le palle, e invece era solo un topo. Non lo sopportavo quando scodinzolava per Andretti.

– Non fa proprio per te un tipo così. E nemmeno io potrei sopportarlo.

Daniela abbracciò Sophie una seconda volta e le disse: – Adesso basta parlare di lui. Dimmi, Sophie, cosa prendi? Un tè? E vuoi anche una fetta di torta?

– Sì, grazie Daniela. Ho mangiato pochissimo oggi.

– Allora ti rimetto io un po' in forze.

Restando insieme all'amica del cuore, il pomeriggio e la sera non furono nemmeno lontanamente terribili quanto lo erano state la notte e la prima parte della giornata. Una gran bella cosa l'amicizia, la vera amicizia. Sophie da quel giorno lo seppe ancora di più.

Uscita dalla fase di depressione acuta grazie a Daniela, non poté fare a meno di provare a comprendere cosa avesse sbagliato nel lasciarsi andare così a lungo in quella relazione: cercò quindi di ripercorrerne gli aspetti essenziali come se fosse un'osservatrice esterna e non una protagonista.

L'attrazione fisica e personale aveva dato la forte spinta iniziale: Alessio, almeno quello dei primi mesi, era un vero magnete per le donne, irresistibile per molte. Il fatto che lui si fosse innamorato di lei e si fosse limitato, da quanto ne sapeva, esclusivamente a lei, aveva solleticato il suo io, e quel sentimento di orgoglio era scomparso di fatto solo verso la fine, attenuando tutti i campanelli d'allarme che avevano squillato fin dal principio dell'autunno.

Alessio sapeva essere un grande amante quando si impegnava, con una forte dose di altruismo, concentrato sul piacere della partner. Ma a pensarci bene quelle doti amatoriali si confacevano alla perfezione alla sua personalità narcisista: lui doveva essere super anche a letto, e il suo altruismo non era autentico bensì strumentale allo scopo.

L'ammirazione che Sophie aveva provato nei suoi confronti, collegata almeno in parte alla punta di insicurezza e di insoddisfazione annidate in lei, che pur aveva condotto brillanti studi universitari e ottenuto subito un posto di tirocinio interessante, aveva svolto la sua parte. Alessio era indubbiamente un uomo votato al successo e avrebbe potuto raggiungere vette elevate se fosse riuscito a contenere i lati eccessivi della sua personalità. Anche lei, che era agli inizi della carriera, nutriva le sue ambizioni e l'aveva visto come un modello finché il loro rapporto aveva funzionato: quella era la verità, e doveva ammetterlo a se stessa.

E poi il lato buono di Alessio le era parso consistente. Il suo interesse per i bambini sfortunati aveva una componente genuina; solo in un secondo momento ne aveva fatto un uso strumentale per uscire dai momenti di crisi con lei. Ma lei non poteva aver sbagliato nello sperare che la parte migliore della sua personalità fosse quella vera, anzi, la sua era stata una speranza doverosa, sebbene rivelatasi alla fine vana.

Tuttavia forse l'aspetto più importante di quella relazione non concerneva lui quanto piuttosto lei stessa. Era una donna giovane e dinamica, con già alle spalle una certa esperienza di vita, e non erano all'apice solo i suoi sensi, bensì anche la sua capacità di innamorarsi. A ventisette anni lei una relazione che la coinvolgesse nell'anima e diventasse quella definitiva l'aveva fortemente desiderata, e per questa ragione vi si era immersa con tutta se stessa e aveva poi tardato a uscirne.

Quella fine traumatica le avrebbe spezzato per un po' il sogno di trovare l'amore vero, l'amore intero, ma nessuno può vivere bene senza sogni, men che meno lei, e il desiderio più bello sarebbe ritornato a trovarla, non doveva dubitarne.

Completata l'analisi dell'anatomia del suo rapporto amoroso con Alessio, a cosa doveva puntare da quel momento? Prima di tutto era necessario che il suo umore si stabilizzasse. E poi avrebbe potuto divertirsi per un po', regalarsi magari qualche amicizia sessuale... ma lei non era così, non le interessavano le relazioni superficiali. Passare più tempo con gli amici l'avrebbe aiutata, certo, ma non le avrebbe permesso di guarire la ferita.

Era trascorsa una settimana ed era sera inoltrata: mentre si rigirava nel letto incapace di prendere sonno, le venne un'intuizione. Il mattino seguente entrò nella stanza del titolare e gli chiese maggiori informazioni su una nuova paziente presentatasi da poco nello studio. Il capo le diede una copia della cartella precisando che si trattava di un caso piuttosto difficile. Sophie si immerse nel dossier e seppe quale risoluzione prendere ben prima di averne terminato la lettura.

Non appena vide che il titolare si era liberato da una riunione, si recò di nuovo nel suo ufficio e gli disse con un tono deciso che non aveva ancora mai usato con lui: – Lo voglio io.

Ricevette come risposta un'occhiata non convinta e parole di cautela: – Sophie, te lo ripeto, questo è un caso critico e deve essere trattato da un terapeuta con molta esperienza. È vero che è preferibile sia una donna: sto pensando allora di assegnarlo a Sara.

– Sai quanta stima ho di Sara. Ma non è questo il punto. Ormai lavoro qui da più di diciotto mesi e mi sono fatta anch'io una certa esperienza. E soprattutto sento che sono perfettamente in grado di aiutare questa paziente. Lo sento, capisci? Tu stesso mi hai detto più volte che ho un buon istinto.

Il principale abbassò lo sguardo un attimo verso la scrivania e lei comprese che non era persuaso. Le ribatté: – Sophie, la signora Mariani è una paziente importante per lo studio: non solo per la criticità delle sue condizioni psicologiche, ma anche perché ha molte conoscenze. Se sapremo assisterla come si deve lei spargerà la voce e questo ci aiuterà a trovare altri clienti importanti.

– Benissimo. E io in questo momento sono quella in grado di entrare più in sintonia con il suo stato d'animo. Sarò felice di contribuire al buon nome del tuo studio.

Sophie si chiese se oltre a dare l'impressione di essere sicura di sé non fosse apparsa anche sfacciata con quella dichiarazione. Sapeva inoltre di aver quasi esaurito gli argomenti. Il titolare si alzò dalla sedia e girò attorno alla scrivania per porsi proprio di fronte a lei.

– Ne devo prima parlare con Sara.

– Lo posso fare io.

Un attimo dopo Sophie si morse la lingua: in quel momento era stata impulsiva e aveva superato il limite.

– No, Sophie, sono io che parlerò con lei. Adesso puoi andare. Ti farò sapere.

Dovette attendere fino alle quattro del pomeriggio, quando il capo le chiese di seguirlo di nuovo nella sua stanza.

– Va bene, Sophie: tocca a te. Sei stata convincente e Sara non ha nulla in contrario. Ma mi raccomando, non deludermi – concluse con tono perentorio.

– Non ti deluderò, vedrai.

La sera, mentre era in metropolitana di ritorno verso casa, ripercorse con la mente la vittoria che aveva conseguito quel giorno: il caso Giovanna Mariani, donna di trentanove anni di famiglia facoltosa, caduta in depressione in seguito all'abbandono del marito, un banchiere di successo, era suo. Avrebbe avuto bisogno di tutta la sua abilità e la sua empatia per assisterla, ma nessuno più di lei avrebbe potuto comprenderla meglio e quella era la sua arma in più.

Come un battito d'ali di farfalla

Jacques Perrin ci aveva messo tutto l'impegno di cui era capace, in quel rapporto. Quadro nella multinazionale Elettéres, aveva un nuovo direttore da poco meno di un mese, Gérard Bauer, che gli aveva già assegnato il primo incarico importante. Non l'aveva ancora compreso a fondo: sapeva che era ambizioso e nel reparto tutti avevano subito constatato quanto potesse essere rapido di pensiero. Una cosa poi lo disturbava parecchio: Gérard aveva due anni meno di lui ed era la prima volta in assoluto che si trovava a stare sotto a qualcuno più giovane. Il sapore amaro provato quando aveva appreso la sua età non l'aveva ancora abbandonato.

La riunione con Bauer nella quale avrebbe presentato la relazione era fissata per le 16:30 nella sala riunioni, a una trentina di metri dalla sua postazione nell'*open space* riservato al suo reparto.

Riparato in un rifugio, terminò il suo riposo quando il sole era spuntato da poco all'orizzonte. Quel giorno era cambiato, aveva raggiunto una maturità nuova, ma sentiva anche di non poter più bastare a stesso: doveva trovare una compagna. Partì dunque per l'avventura più bella ed emozionante, seppure non priva di rischi. In primo luogo doveva rifocillarsi e non fu difficile con quanto la natura gli metteva generosamente a disposizione. Fatto il pieno di energie, iniziò la ricerca di un luogo adatto per il passo successivo, trovandolo nelle vicinanze.

Jacques Perrin entrò con un minuto d'anticipo. Il capo, invece, si fece attendere due minuti rispetto all'orario previsto. Socchiuse soltanto la porta, ma Jacques non se ne accorse subito. Bauer lo salutò e si sedette davanti allo schermo da 38 pollici, lasciandogli la postazione con la tastiera e il mouse.

– Allora, Jacques, ho letto il tuo *executive summary*: a grandi linee comprendo ma voglio avere maggiori informazioni direttamente da te: ti ascolto.

– Grazie, Gérard. Come ti ho anticipato, credo che possiamo migliorare la strategia di marketing dell'azienda, in particolare per i robot aspirapolvere. Nella parte introduttiva del documento descrivo brevemente la strategia attuale e poi individuo i due punti che per me non vanno bene: uno in particolare ci frena molto.

– Va bene, salta pure l'introduzione e vai subito al sodo: cos'è che non va secondo te?

Jacques ebbe bisogno di qualche istante per compiere il salto logico che il capo gli aveva richiesto. Incrociò le braccia e attaccò con un tono di voce basso: – Ecco, mi domando... perché abbiamo abbandonato del tutto la diffusione della pubblicità via posta? Sappiamo che funziona, perché attira l'attenzione dei potenziali clienti direttamente da casa. È assodato che più del 5% dei nostri attuali acquirenti ci ha scoperto grazie ai volantini. Proporrei allora di disegnare uno o due volantini nuovi di zecca rispetto a quelli che utilizzavamo fino a un paio di anni fa. Ci sarebbe del lavoro da fare, certo, ma ne varrebbe la pena. E poi...

– Scusa, questa è la tua idea principale?

– Sì.

Gérard emise un lieve sospiro prima di formulare la seconda domanda: – E qual è la seconda idea?

La forte dose di perplessità con la quale Gérard gli aveva posto le due domande alimentò l'insicurezza di Jacques, che non riuscì a schiarire la voce quanto avrebbe voluto: – Siamo abbastanza presenti in televisione ma trascuriamo del tutto le emittenti radio. Credo che dovremmo far passare dei brevi messaggi nelle emittenti a diffusione nazionale. Raggiungeremmo così un pubblico differente. Avrei già preparato due proposte di testo alternative e le ho anche discusse con Albert.

Gérard tamburellò le dita sul tavolo, mentre due colleghi passavano in quel momento davanti alla porta conversando. Jacques si voltò e si rese conto che era rimasta socchiusa.

– Jacques, ma allora non hai approfondito la storia delle strategie usate dalla società negli ultimi dieci anni, altrimenti ti sarebbero chiare le ragioni che ci hanno fatto abbandonare volantini e radio. Detto in parole povere: lo scarso valore aggiunto rispetto alle altre vie di marketing.

"No! Gérard ha alzato il tono di voce e i colleghi lì fuori devono aver sentito tutto. Ma come si permette di insinuare che io non conosco bene le strategie della società? Lavoro qui da quindici anni e lui è arrivato solo da quattro!".

– Quanto tempo hai dedicato a scrivere questo rapporto? Sette od otto giorni?

– Sei e mezzo.

– Beh, tempo sprecato lo stesso, che dovrai recuperare in qualche modo.

Il timbro pungente usato dal capo e la durezza delle sue parole ebbero l'effetto di un doppio colpo allo stomaco e Jacques non riuscì nemmeno ad abbozzare una vera difesa: – Ma... ho fatto del mio meglio...

– Non lo metto in dubbio ma il compito era superiore alle tue forze. Succede.

"Anche il sarcasmo si permette di usare nei miei confronti? O è solo una mia impressione?"

Gérard continuò: – Ascolta, Jacques, oggi vai pure a casa in anticipo e domani riprendi la tua routine. Ci penso io a mettere a posto la situazione.

Jacques tornò alla sua scrivania con un'espressione di tormento stampata sul volto. La riunione sarebbe dovuta durare mezz'ora, invece era terminata dopo appena cinque minuti. Quel maledetto l'aveva stroncato, anzi peggio, l'aveva voluto umiliare facendo in modo che i colleghi sentissero la sfuriata per affermare il suo potere. Con lui come superiore la sua vita lavorativa sarebbe stata un inferno. Si accorse che un vicino di postazione lo stava fissando attraverso il vetro separatorio, si voltò dall'altra parte e percepì un altro sguardo rivolto verso di lui per qualche istante. Cercò di assumere un atteggiamento neutrale senza riuscirci del tutto. Cosa doveva fare? Non poteva andarsene subito, sarebbe stato un comportamento troppo anomalo. Continuare a lavorare neppure, la testa non ce l'aveva proprio. Fece finta di concentrarsi sullo schermo, dedicandosi ai compiti più ordinari, e in un'ora intera non riuscì che a rispondere a cinque e-mail.

Eccone una! Tosto le si avvicinò mentre lei restava immobile. Non si lasciò scoraggiare e cominciò il corteggiamento, guidato da una motivazione ferrea. Era la prima volta ma sapeva lo stesso come comportarsi: doveva comunicare con lei, segnalarle il suo forte interesse e lo fece infondendoci un entusiasmo carico di speranza. Prova e riprova, nulla, lei rimaneva impassibile, priva di un desiderio corrispondente al suo. Non aveva altra scelta che allontanarsi da quella femmina così fredda che gli aveva fatto patire la prima delusione d'amore. Nonostante il significativo consumo di energie si sentiva sempre pieno di vigore e iniziò una nuova ricerca senza indugio. Si imbatté invece in un maschio, poi in un secondo e infine addirittura in un terzo. Si concesse allora una breve pausa per il secondo pasto di quel giorno e ripartì di slancio. Poco dopo la vide, un'altra lei, bella e profumata. Le si approssimò più di quanto non avesse fatto con l'altra e iniziò un nuovo corteggiamento, forte questa volta anche della prima esperienza sul campo. E lei rispose! I segnali di interesse che manifestava con i suoi mo-

vimenti e il suo effluvio erano inequivocabili. Felice, lui prese a danzarle intorno e lei replicò subito: iniziò una vera danza di coppia, ipnotica e leggiadra, con i due futuri amanti totalmente assorbiti l'uno dall'altra, immersi in una magica dimensione di fascino e seduzione. Infine si toccarono, si congiunsero ed ebbe inizio l'amplesso. Trascorsero i minuti, irresistibili e affascinanti, così diversi da quelli del tempo ordinario. Al termine dell'accoppiamento l'incantesimo si ruppe di colpo e i due si staccarono, ognuno per seguire la propria strada.

Continuò a tormentarsi anche sul percorso verso l'ovest parigino sulla linea A della RER e i tre quarti d'ora necessari tardarono a scorrere. Nell'ultimo tratto di strada a piedi non si accorse nemmeno del saluto di un vicino, che ci rimase male. Varcata la soglia della villetta nella quale abitava con moglie e figlia sedicenne, fu accolto dal volto afflitto della prima.

– Jacques, Coraline si è chiusa in camera sua più di mezz'ora fa, non vuole aprire e non vuole rispondermi. Quando sono tornata dallo studio ho visto che aveva una faccia terribile. Le ho chiesto come stava e mi ha detto solo che quella stronza di Valérie le ha soffiato Alain. Poi mentre saliva le scale ha gridato che quello era l'amore della sua vita e non aveva più voglia di vivere. Non so che fare.

– Ho avuto una giornata terribile e devo sentire queste cazzate! Chi è questo Alain? Sarà stata la solita cotta da adolescenti e presto se ne dimenticherà.

– Come sarebbe a dire chi è Alain? Ce ne ha parlato più volte, anche l'altro ieri a cena.

– Non cambia nulla, le passerà presto. Adesso vado a farmi la doccia, si muore dal caldo oggi.

Il getto d'acqua tiepida dal soffione diede a Jacques solo qualche istante di ristoro. Messosi comodo e raggiunta la moglie in cucina, le disse: – Adèle, puoi occuparti tu della cena stasera? Lo so che toccherebbe a me ma oggi sono proprio k.o.

– Coraline sta male e tu ti preoccupi della cena? Hai una sensibilità da elefante, soprattutto con lei – lo rimproverò nervosamente la moglie.

– Lascia stare. E poi non ti posso sentire con quel tono isterico!

– È ancora chiusa in camera e mi ha gridato di andare via quando ho provato a parlarle.

– Adesso basta con questa storia! Ci penso io.

Jacques salì fino alla mansarda, dove Coraline aveva voluto trasferirsi due anni prima, per sottolineare il suo ingresso nell'adolescenza attraverso un maggiore distanziamento dalla camera dei genitori. Respirò a fondo per cercare di mettere un freno all'agitazione che si era impadronita di lui e diede due tocchi leggeri alla porta.

Nessuna risposta.

– Coraline, sono papà, mi apri per favore?

Gli rispose il silenzio.

– Coraline, dai, che ci facciamo una chiacchierata prima di cena.

– Lasciami in pace!

Il tono querulo usato dalla figlia generò una punta di fastidio in Jacques.

– Dai, non vuoi parlare con me di quello che ti è successo?

– Con te? Ma se tu non capisci mai niente...

– Coraline, adesso basta, apri.

– Vai via! Io lo so che a te non te ne frega nulla dei miei problemi.

Jacques si irrigidì e afferrò la maniglia con forza, tirandola verso di sé e spostandola su e giù più volte: – Adesso esci di lì, è chiaro?

La figlia reagì con una serie di urla isteriche e i circuiti mentali di Jacques saltarono: no, quel giorno non avrebbe potuto tollerare un'altra sconfitta, per di più con una persona che, per quanto gli fosse cara, era più debole di lui. Diede un calcio violento alla porta, tanto da farsi male al piede e spaventare la figlia: la sentì rifugiarsi in un angolo della stanza continuando a gridare.

– Lo sai che hai ragione? Non m'importa nulla dei tuoi ridicoli problemi da ragazzina! Avrai solo preso una stupida cotta per quell'Alain e ne fai un dramma. Ma lo capisci o no che alla tua età ne trovi altri di ragazzi se vuoi? O è un compito superiore alle tue forze?

Il sarcasmo con cui il padre aveva concluso la sua sfuriata si insinuò attraverso la porta e raggiunse Coraline con tutta la sua veemenza, facendola scoppiare in un pianto disperato. Jacques la udì e decise che ne aveva abbastanza ma proprio in quel momento la moglie lo affrontò adirata: – Ma sei impazzito a parlarle in quel modo? Le sue grida si sentiranno fino alle case vicine. Vai via subito!

– No eh, non mi parli così anche tu! Me ne vado perché lo decido io! Veditela tu con lei, mi sa che ha preso da te, tanto è complicata.

– Che vuoi dire? No, che vuoi dire?

– Lasciamo stare!

Jacques scese le scale con un sentimento misto di disagio e liberazione: che si occupasse la moglie di Coraline. Adesso lui doveva stare calmo, o almeno placare la fame. Entrato in cucina, imprecò quando non vide nemmeno un accenno di preparazione della cena. Aprì il frigorifero e prese la confezione di formaggi francesi aperta il giorno prima, poi dal cassetto del pane una baguette: quella sera si sarebbe dovuto accontentare di un pasto freddo.

La moglie lo raggiunse quando era appena passato alla frutta e lo aggredì con voce piagnucolosa: – Niente, non ha voluto aprirmi ed è anche colpa tua; ha detto che ti odia.

– Anche questa adesso! Ma basta con le sue cazzate da adolescente – esplose Jacques. – Con tutto quello che faccio per lei.

– Tutto quello che fai per lei? Ma se te ne freghi quando è in difficoltà! Anzi, peggio ancora, quando c'è un momento di stress tu ci aggiungi del tuo. E lo fai anche con me.

– Basta! Ho la testa che mi scoppia e voglio stare tranquillo. Lasciami solo, chiaro?

Adèle si voltò all'istante, si diresse verso la porta e, uscendo, la sbatté con tale violenza che il vetro parve rompersi. Jacques sussultò ma poi emise un sospiro di sollievo. Tirò fuori dalla dispensa una bottiglia di Beaujolais rosso e ne bevve due calici. Si rinfrescò nel bagno e si diresse in camera da letto, consapevole che la moglie l'avrebbe lasciato dormire da solo per qualche notte, come faceva sempre quando litigavano, purtroppo a cadenza ravvicinata negli ultimi tempi. Il vino non l'aiutò quanto aveva sperato e ci mise più di due ore per prendere sonno, la coscienza schiacciata dagli eventi di quella giornata.

Il dispendio di energie era stato massiccio, ma l'istinto gli suggeriva di aver assolto a una funzione primordiale e si sentiva appagato. Avvertiva tuttavia un forte languore e per spegnerlo consumò il terzo pasto della giornata. Mentre l'appetito si placava, gli ritornò una voglia irresistibile che lo spinse a rimettersi in moto. Incappò in altri maschi, addirittura cinque, e corteggiò invano due femmine. La sua perseveranza alla fine venne premiata e incontrò un'altra lei bendisposta: era fascinosa e fragrante come la prima pur con il suo pizzico di individualità. Poté lanciarsi in una seconda, elegante danza a due, mentre il mondo al di là di lei si eclissava, e godette di nuovo degli inebrianti piaceri dell'accoppiamento. La pienezza si diffuse nel suo essere e non lo lasciò nemmeno al momento della separazione. Poco dopo però prevalse una sensazione di grande stanchezza e, con movimenti meno rapidi del solito, raggiunse una delle fonti di cibo nei dintorni.

La mattina, Jacques fece colazione in compagnia del silenzio. Prima di uscire di casa, esitò un attimo, indeciso se salire in mansarda o meno, ma si convinse che la moglie era più indicata per controllare gli sviluppi. Salì sulla RER di mala voglia, come non gli succedeva da tempo, senza poi riuscire ad abbozzare alcun pensiero positivo. Superata di poco la metà del tragitto, sentì il cellulare squillare: era Adèle. Non si sentiva proprio nella disposizione d'animo per ricevere altri rimproveri e non rispose. Poco dopo ricevette la notifica per un messaggio Whatsapp: la moglie gli aveva lasciato un vocale. Non lo faceva spesso, per cui lo ascoltò subito.

– Jacques, torna a casa immediatamente! – Che tono disperato aveva, era successo qualcosa di grave? – Coraline... Coraline è morta... si è suicidata stanotte, si è... tagliata i polsi.

Jacques, incredulo, ebbe il riflesso di abbassare il volume del cellulare al minimo e di portarselo all'orecchio, perché l'uomo seduto accanto a lui e la donna seduta di fronte avevano sentito tutto e lo stavano fissando. Riuscì appena a comprendere le ultime parole della moglie: – Vieni subito!

Il dolore non colpì la sua coscienza all'istante ma quando lo fece fu di un'intensità devastante. Scese alla fermata successiva e cambiò binario camminando come uno zombie, mentre gli occhi si inumidivano di lacrime. Coraline, la sua Coraline, ma com'era possibile? Gli tornarono in mente alcuni dei momenti più belli di quando lei era ancora bambina: la prima volta che l'aveva chiamato *papà*, quando aveva scoperto il gioco che desiderava tra i regali di compleanno, il suo sorriso di gioia abbracciata alla migliore amica... Jacques non poté trattenere i singhiozzi. La disperazione lo travolse e non lo abbandonò fino a casa.

In strada stazionavano due auto della polizia e dovette dichiarare la sua identità per poter entrare. Trovò la moglie accasciata sul divano del salotto, che fissava il vuoto. Pronunciò il suo nome con una tenerezza che non le manifestava da almeno un paio d'anni e si diresse verso di lei, pronto ad abbracciarla per cercare di allentare la cappa di angoscia che lo opprimeva e che doveva certamente opprimere anche lei, ma Adèle lo gelò. Con uno sguardo e una voce pregni di rancore gli gridò: – Voglio il divorzio! Subito.

– Adèle, no... so che soffri, e anch'io, ma non puoi prendere una decisione così adesso.

– Non posso? Tu osi dirmi che non posso? – gli sibilò la moglie, per poi alzare di nuovo il tono: – Coraline si è suicidata anche per colpa tua! Guardati allo specchio e saprai la verità!

Il rimorso si accoppiò al dolore e trafisse il petto di Jacques con un'intensità feroce: era rimasto sommerso appena sotto il livello della coscienza ma in quel momento deflagrò in tutta la sua potenza. Jacques si sentì l'uomo più misero del mondo e barcollò per qualche istante.

– E adesso goditi l'interrogatorio della polizia.

– Ma... non posso vedere prima Coraline?

– Solo il giorno del funerale. Dovranno anche stroppiarle il corpo con l'autopsia – mugolò lei.

Adèle attese l'indomani per informare i genitori di persona: il padre Edouard, l'anno prima, aveva subito una delicata operazione al cuore per l'inserimento di un bypass, e non avrebbe potuto dare loro la notizia della tragedia per telefono. Quando vide la madre esplodere in pianto e il padre, che adorava Coraline, sbiancare come un fantasma, decise di tacere sulla sua decisione di chiedere il divorzio.

La mattina seguente, un venerdì di luglio, Edouard stava conducendo la moglie Laure a una visita di controllo dall'oncologo, che avevano fissato da tempo e non avevano voluto rimandare nonostante le circostanze. Arrivata al settimo *arrondissement*, la macchina percorreva celere una strada a scorrimento rapido. All'improvviso, Laure si accorse che qualcosa non andava per il verso giusto e gridò: – Frena, Edouard, è rosso, non vedi?

Si voltò verso il marito e scoprì con terrore che aveva il capo piegato in avanti a sinistra; gli scosse il braccio con un gesto di disperazione e ripeté invano: – Frena! Frena!

L'auto lanciata a più di sessanta chilometri orari centrò in pieno la fiancata anteriore di un altro veicolo che proveniva da destra. Il dispiegamento dell'airbag permise a Laure di salvarsi ma non poté richiamare in vita Edouard, che l'aveva appena abbandonata. Il conducente dell'altra automobile perì sul colpo mentre il suo passeggero, la moglie, se la cavò con un grave shock e un colpo di frusta laterale. La seconda vittima dell'incidente era Thomas Morel, comandante di fregata.

Adèle, Jacques e Laure dovettero subire un secondo funerale quasi in contemporanea col primo, mentre Morel fu sostituito da un comandante al suo primo incarico, François Lambert.

Il mese di agosto era subentrato al mese di luglio da una settimana esatta, quando a bordo di un'unità della marina militare francese fu dichiarato lo stato di allarme rosso: il sonar aveva individuato un sottomarino nucleare russo nelle acque territoriali al largo del porto di Saint Nazaire. Per di più, l'avvistamento avveniva in un momento di tensione estrema tra l'Occidente e la Russia, tanto che alcuni analisti avevano cominciato a utilizzare il concetto di *guerra tiepida.*

Lambert contattò d'urgenza lo Stato Maggiore della Marina, che gli diede carta bianca sulla decisione da prendere per *neutralizzare la minaccia agli interessi nazionali.* Lambert, dopo essersi consultato col comandante in seconda, decise di interpretare quelle istruzioni in maniera muscolare: l'onore della Francia era nelle sue mani! Verificato che il sottomarino fosse sempre sotto controllo ecogoniometrico, diede l'ordine di attaccarlo in maniera che le bombe disegnassero una forma geometrica tale da disturbarlo ma senza procurargli danni.

Per una coincidenza fortuita, nemmeno due secondi dopo che le armi della fregata avevano fatto fuoco, il comandante russo, Ivan Kozlov, fece iniziare una manovra di allontanamento e la deviazione di rotta condusse il sottomarino proprio a un paio di metri dal punto di esplosione di una delle bombe: lo scafo ne fu travolto con estrema violenza e subì un danno destinato a diventare mortale.

In pochi istanti Ivan comprese che lui e il suo equipaggio erano condannati. Ma prima di arrendersi all'ineluttabile destino c'era ancora tempo per una reazione: lanciare uno dei missili balistici con testate nucleari multiple in dotazione, per evitare che marcissero tutti sul fondo dell'oceano o peggio che potenze nemiche potessero impossessarsene. La decisione spettava a lui e solo a lui: non potendo più riemergere, ogni comunicazione con la patria era ormai impossibile. Guardò in viso a uno a uno gli altri ufficiali presenti nella sala comandi, passò in rassegna col pensiero gli altri membri dell'equipaggio e il suo cuore seppe la risposta: – L'onore della Santa Madre Russia, il nostro Paese sacro, la nostra terra amata è nelle nostre mani! Avanti, procediamo con un lancio, obiettivo Parigi!

– Ma comandante... non possiamo farlo, non abbiamo il codice da Mosca – disse Arseniy Lebedef, l'ufficiale numero tre del vascello.

Ivan si volse verso Arseniy, che aveva espresso il pensiero di tutti, e gli rispose con aria sicura: – La tua obiezione è giusta, ma... sono state previste delle eccezioni di cui sono al corrente solo una manciata di persone: la triade composta dal Presidente, dal Ministro della Difesa e dal Capo di Stato Maggiore Interforze e i comandanti interessati. Io sono uno di questi. – Il petto gli si gonfiò d'orgoglio. – Per poter reagire a circostanze particolarmente critiche, come quella che stiamo vivendo, io posso decidere in maniera autonoma, perché ho i mezzi per generare il codice di lancio, a partire da un codice che solo io conosco. Allora, procediamo: obiettivo Parigi!

– Obiettivo Parigi – fecero in coro gli altri ufficiali, con l'entusiasmo della consapevolezza di essere i protagonisti di un momento storico.

A bassa voce, Ivan si fece scappare una sentenza meno aulica:

– Facciamogliela vedere a quei *mangiarane* – ricevendo l'assenso del comandante in seconda.

Il potente missile giunse a destinazione indisturbato in pochi minuti: le difese antimissilistiche francesi non avevano avuto il tempo di entrare in azione. Le testate si disseminarono attorno alla regione parigina ed esplosero in contemporanea. L'onda d'urto generata da una delle bombe raggiunse in un batter d'occhio il secondo *arrondissement* della metropoli, dove aveva sede il quartier generale della Elettéres. Nell'ambito di una frazione infinitesimale di secondo travolse in sequenza Jacques, Gérard, il direttore generale, l'amministratore delegato così come tutti i dipendenti dell'azienda, divorando corpi e coscienze con un superbo afflato d'uguaglianza.

Aveva dietro di sé una prima metà della giornata intensa e straordinaria: non c'era alcuna ragione per fermarsi lì e spiccò nuovamente il volo per trovare un'altra femmina disponibile. Si imbatté invece in tre maschi e in una femmina che ignorò le sue destrezze aeree. Non si diede per vinto e, dopo una breve pausa, ripartì. Per evitare un possibile rivale, virò a destra e proseguì volteggiando a zig-zag finché giunse in una zona nuova. Lì la vide, poggiata su un fiore, splendida e affascinante pur con le ali chiuse, e percepì il suo fragrante aroma. Le si avvicinò di gran lena, pronto a sedurla. Lei si staccò e fu rapida a seguirlo nelle sue piroette. Lui stava già pregustando un nuovo periodo di delizie, quando all'improvviso un'ombra si materializzò dall'alto e qualcosa di duro lo colpì alle due ali destre. Non le sentì più come prima e fu preso dal panico. Era stato separato dalla sua compagna e la scorse un'ultima volta mentre si allontanava, ma in quel momento la lotta per la sopravvivenza aveva la priorità sulla nostalgia. Poteva ancora volare e cercò di fuggire con battiti più rapidi e un moto più irregolare del solito. Fu tutto inutile: un secondo colpo gli mutilò la coppia d'ali sinistra e da quel momento poté solamente girare attorno a se stesso, sbattendo in maniera frenetica e incontrollata quanto gli restava delle appendici alari. Arrivò il terzo attacco e il mondo attorno a lui sparì: il buio lo travolse.

L'avvitamento scomposto dell'esemplare maschio di *Junonia almana* nei suoi ultimi secondi di vita mosse una mole di molecole sufficiente a generare un piccolo mulinello, che venne a contatto con una corrente d'aria bassa e le trasmise la sua energia, amplificandola e rendendola duratura. La corrente raggiunse il vicino oceano e si allontanò dalla costa, prendendo lentamente quota. Nel frattempo, a diversi chilometri di distanza, si generò un moto d'aria convergente e ascendente. Trascorse alcune ore, il flusso proveniente dalla terraferma raggiunse il flusso originatosi sull'oceano e le due masse si fusero in una sola perturbazione, instabile e gravida di energia. La perturbazione continuò a salire e a crescere, favorita dalla configurazione locale dei venti, che in quel periodo soffiavano alla stessa velocità e nella stessa direzione a tutte le quote. In un crescendo continuo, divenne un tifone e non cessò di farsi sempre più grande e potente ancora per un pezzo.

Tre giorni dopo, i notiziari di tutto il mondo annunciarono il catastrofico impatto del super tifone Odokuro sull'isola di Luzon delle Filippine: venti a 270 chilometri orari con raffiche che superavano i 300, piogge torrenziali e tracimazioni di due fiumi, inondazioni e smottamenti, un numero ancora imprecisato di vittime ma molto superiore a mille, centinaia di migliaia di sfollati. I media filippini enfatizzarono poi gli aspetti di rilevanza locale, dividendosi tra gli encomi appassionati per le squadre di soccorso e dei volontari che operavano sul campo, le riprese e le interviste cupe e lacrimevoli sulla desolazione lasciata dall'orribile cataclisma – il "mostro" lo definirono certuni – e le lamentele amare sulla fragilità del Paese, esposto in maniera fatale a catastrofi naturali di proporzioni bibliche.

Odokuro nel frattempo stava lasciando la sua presa sull'arcipelago, totalmente incurante delle reazioni umane e, continuando a muoversi verso ovest con energia quasi invariata, si accingeva a offrire il suo abbraccio mortale alla terraferma cinese.

DUE

Jacques Perrin entrò con un minuto d'anticipo. Il capo, invece, spaccò il secondo e richiuse la porta dietro di lui. Bauer salutò Jacques, si sedette davanti allo schermo da 38 pollici e lo fece accomodare nella postazione con la tastiera e il mouse.

– Allora, Jacques, ho letto il tuo *executive summary*. A grandi linee comprendo ma mi piacerebbe avere maggiori informazioni direttamente da te: ti ascolto.

– Grazie, Gérard. Come ti ho anticipato, credo che possiamo migliorare la strategia di marketing dell'azienda, in particolare per i robot aspirapolvere. Nella parte introduttiva del documento descrivo brevemente la strategia attuale e poi individuo i due punti che per me non vanno bene: uno in particolare ci frena molto.

– Continua, Jacques: cos'è che non va secondo te?

Il capo aveva usato un tono incoraggiante e Jacques proseguì rincuorato: – La questione principale per me è una: perché abbiamo abbandonato del tutto la diffusione della pubblicità via posta? Sappiamo che funziona e che attira l'attenzione dei potenziali clienti direttamente da casa. È assodato che più del 5% dei nostri attuali acquirenti ci ha scoperto grazie ai volantini. Io proporrei allora di disegnare uno o due volantini nuovi di zecca rispetto a quelli che utilizzavamo fino a un paio di anni fa: sarebbe un lavoro che vale la pena di fare. E poi... c'è la seconda idea.

– Qual è? Sono curioso.

La voce di Jacques si fece ancora più sicura: – Siamo abbastanza presenti in televisione ma trascuriamo del tutto le emittenti radio. Sono convinto che se facessimo passare dei brevi messaggi nelle emittenti a diffusione nazionale, potremmo raggiungere un pubblico differente. Ho già preparato due proposte di testo alternative e le ho anche discusse con Albert.

Gérard annuì prima di parlare: – Interessante, Jacques. Credo che tu abbia ragione e se fosse per me farei provare all'azienda le due vie che tu suggerisci. Ma là in alto stanno per lanciare un piano di *Digital Transformation* e la stampa su carta la vedono come fumo negli occhi. E l'uso della radio, poi, non è abbastanza moderno per loro, nemmeno nel caso di radio digitale.

– Oh, ma allora ho fatto tanto lavoro per niente.

– Ma certo che no, Jacques. Diversi elementi della tua presentazione vanno benissimo; ad esempio il formato che hai usato per il documento Powerpoint è originale ed elegante. E mica solo quello. Ti proporrei una cosa.

Jacques gli diresse uno sguardo carico di curiosità.

– Prenditi il tempo di cui hai bisogno, una settimana o anche un po' di più, e riscrivi una presentazione 2.0 nella quale modifichi le tue proposte concentrandole all'ambito digitale. C'è bisogno ad esempio di un'applicazione più performante? Bisogna migliorare la gestione dei dati? E così via. Con le tue capacità sono sicuro che tirerai fuori delle proposte innovative. Ah, e dirò a tutti nel nostro team che dovranno essere a disposizione se hai bisogno di consultarli. Allora, che ne dici?

Jacques, quasi stupito da quanto il capo gli proponeva, ebbe bisogno di qualche istante per formulare una pur facile risposta: – Va bene, Gérard e... ti ringrazio per la fiducia che mi accordi.

– Figurati, Jacques.

Tornò alla sua scrivania con un'espressione soddisfatta sul volto, che non sfuggì ai colleghi vicini di postazione. Ma allora Gérard non era così male come capo, anzi, in quell'occasione era stato impeccabile. E lui adesso non doveva sprecare la nuova opportunità che gli era stata concessa. Rifletté ancora un attimo e poi si tuffò nello schermo davanti a lui, raggiungendo in pochi istanti una modalità di concentrazione profonda.

La sua mente continuò a lavorare anche durante il percorso verso l'ovest parigino sulla linea A della RER e persino negli ultimi minuti di strada a piedi. Varcata la soglia della villetta nella quale abitava con moglie e figlia sedicenne, fu accolto dal volto afflitto della prima.

– Jacques, Coraline si è chiusa in camera sua quasi due ore fa, non vuole aprire e non vuole rispondermi. Quando sono tornata dallo studio ho visto che aveva una faccia terribile. Le ho chiesto come stava e mi ha detto solo che quella stronza di Valérie le ha soffiato Alain. Poi mentre saliva le scale ha gridato che quello era l'amore della sua vita e non aveva più voglia di vivere. Non so che fare.

– Alain? Il ragazzo di cui ci ha parlato l'altra sera?

– Proprio lui.

– Oh... Bisogna assolutamente aiutarla. Lasciami solo fare una doccia, pochi minuti e vado da lei.

Il getto d'acqua tiepida dal soffione aiutò Jacques a rilassarsi e a riflettere su quanto stava accadendo alla figlia.

Messosi comodo, raggiunse la cucina, dove la moglie gli disse: – È ancora chiusa in camera e mi ha gridato di andare via quando ho provato a parlarle.

– Ci vado subito.

Jacques salì fino alla mansarda, nella quale Coraline aveva voluto trasferirsi due anni prima, per sottolineare il suo ingresso nell'adolescenza attraverso un maggiore distanziamento dalla camera dei genitori. Respirò a fondo per alleviare un sentore di pericolo che avvertiva all'improvviso e diede due tocchi leggeri alla porta.

Nessuna risposta.

– Coraline, sono papà, mi apri per favore?

Gli rispose il silenzio.

– Coraline, dai, che ci facciamo una chiacchierata prima di cena.

– Lasciami in pace!

Il tono querulo usato dalla figlia riaccese la sensazione di allarme in Jacques.

– Dai, non vuoi parlare con me di quello che ti è successo?

– Con te? Ma se tu non capisci mai niente... Vai via!

Jacques rimase in silenzio per qualche secondo, poi cercò di parlare col tono più suadente che gli riusciva: – Coraline, scusami se qualche volta non riesco a capirti come dovrei. Scusami, va bene? Ma... adesso lo so che stai soffrendo e voglio starti vicino.

– Non è vero. Lo so che non te ne frega nulla dei miei problemi.

– No, Coraline. Come puoi dirmi questo: ti voglio un mondo di bene.

– Vai via, ti dico!

Jacques decise di ridiscendere al piano terra per consultarsi con la moglie. La trovò in soggiorno, accasciata sul divano, il viso tirato e la fronte percorsa dalle rughe che le apparivano quando era stanca o nervosa.

– Sono molto preoccupato per Coraline; non l'ho mai sentita in questo stato.

– Nemmeno io, Jacques. Grazie per averci provato e avermi dato un po' di respiro. Adesso torno io da lei.

– E io preparo la cena: consommé di verdure, formaggi e frutta; va bene?

La moglie annuì debolmente e si volse per risalire in mansarda; prima che arrivasse alle scale, Jacques la raggiunse e l'abbracciò con leggerezza sussurrandole:
– Dai, Adèle, ce la farai.

Si mise ai fornelli cercando di soffocare l'inquietudine che aveva celato a Adéle, senza riuscirci.

La moglie ridiscese dopo una decina di minuti, col volto più teso di prima, e Jacques comprese quanto stesse per dirgli prima ancora di sentire la sua voce accorata: – Niente da fare, non ha voluto aprirmi... ha detto che tanto noi non la possiamo capire.

– Forse ci conviene lasciarle una pausa e ritentare subito dopo cena.

– Non lo so quello che è giusto fare, Jacques, ma va bene.

Mentre stavano consumando il consommé, in silenzio, due immagini percorsero la mente di Jacques. Nella prima, occorsa nella primavera di quell'anno, il suocero Edouard gli diceva di essere in pensiero per Coraline, che era una ragazza molto sensibile e tendeva a essere instabile. Nella seconda, accaduta poc'anzi, la moglie gli riferiva le parole inquietanti di Coraline, *non ho più voglia di vivere.*

Jacques si levò all'improvviso dicendo a Adèle che voleva riprovarci e salì per bussare di nuovo alla porta della figlia, ma non ricevette alcuna risposta, neppure dopo averla chiamata più volte.

Un turbinio di pensieri angoscianti si avviò nel suo cervello e si ingigantì, finché, preso dalla concitazione, chiese alla moglie: – La scala, dov'è la scala?

– Ma non ti ricordi che è in garage? E poi a cosa ti serve?

– Voglio salire fino alla finestra di Coraline.

– Ma sei matto? Se cadi da lì ti ammazzi.

– Devo andare per forza a vedere come sta. Non ti preoccupare per me, non guarderò in basso. E poi tu mi tieni ferma la scala.

Jacques combatté le vertigini delle quali in realtà soffriva e arrivò davanti alla finestra. Le due tende oscuranti erano scostate e poté guardare senza problemi dentro la camera. Rimase agghiacciato: Coraline giaceva supina sul pavimento e una vasta pozza di sangue si estendeva alla sua sinistra, all'altezza del braccio.

Jacques rilasciò un *No!* di terrore e gridò alla moglie di andargli a prendere i guanti da giardino. Aspettò Adèle sui gradini più bassi della scala, le disse di chiamare subito un'ambulanza mentre lui tornava su, indossò i guanti mettendoli la prima volta al rovescio per l'agitazione e risalì. Prese un respiro profondo, diede un primo colpo col pugno destro ai vetri della finestra riuscendo solamente a farli vibrare, poi colpì con più forza rischiando di cadere ma riuscendo a mandarli in frantumi. Si procurò due tagli profondi all'avambraccio ma incurante del dolore e del sangue rimosse alcuni spezzoni di vetro rimasti attaccati al telaio. Saltò dentro la camera tagliandosi anche lo stinco sinistro, diede una breve occhiata a Coraline, corse ad aprire la porta e urlò alla moglie di portare su una garza o un panno pulito.

Si diresse verso la ragazza e le sollevò l'avambraccio, sussurrandole – Andrà tutto bene, tesoro, andrà tutto bene.

La figlia emise un gemito e si mosse debolmente. Adèle entrò nella stanza e strillò *Mio Dio!* Jacques le disse di stare tranquilla e le chiese di dargli subito la garza, con la quale imbottì la ferita e premette poi forte su di essa.

Quella prima metà di giornata, intensa e straordinaria, l'aveva cambiato per sempre: le sensazioni impareggiabili che aveva provato rimanevano infatti ben impresse nei suoi ricordi, sebbene la limitata capacità di memorizzazione di cui disponeva non gli permettesse di trattenere alcun dettaglio delle azioni che aveva compiuto. La spinta a proseguire oltre era forte, ma un certo grado di affaticamento che non l'aveva abbandonato gli suggeriva invece di fermarsi lì ed ebbe il sopravvento: in qualche modo sentiva di avere altri giorni davanti a sé per assaporare di nuovo le stesse emozioni e una pausa poteva concedersela. Dopo qualche istante, si rimise in volo per tornare verso la zona del rifugio che conosceva bene. Lì trascorse il resto della giornata in tranquillità, rimanendo la maggior parte del tempo in posizione di riposo con le ali congiunte e concedendosi solo poche, brevi, capatine sui fiori dei paraggi per cogliere quanto questi copiosamente offrivano.

In una zona non lontana, passata un'ora e mezza dal momento in cui lui era tornato al suo riparo, un cuculo attaccò un altro esemplare maschio di Junonia almana per cibarsene.

A una manciata di metri di distanza, una corrente d'aria bassa non trovò l'energia sufficiente a sopravvivere e si spense a poco a poco.

Un flusso d'aria convergente e ascendente, formatosi sull'oceano a qualche chilometro dalla costa, combatté a lungo per farsi sempre più grande ma alla fine perse la battaglia con le masse circostanti e si estinse.

Trascorse due settimane, la televisione di Stato delle Filippine mandò in onda un servizio dettagliato sulla stagione dei tifoni appena conclusasi: il meteorologo più famoso del Paese spiegò che si trattava della stagione più clemente da almeno una cinquantina d'anni. Non mancò poi di mettere in mostra la sua approfondita conoscenza della materia, elencando i molteplici fattori che avevano determinato un decorso così favorevole. Seguirono le interviste lampo ad alcuni uomini e donne per le strade di Manila, i quali si prodigarono nei ringraziamenti a Dio che aveva protetto la nazione oppure alla sorte che in quel periodo era stata particolarmente benigna.

Pure i media cinesi sottolinearono la mitezza delle tempeste di quell'anno, augurando al Paese di mezzo che il tempo si mostrasse benevolo anche negli anni a venire.

Quando i mezzi di comunicazione erano ormai passati ad altro, lui si spense serenamente: aveva vissuto decine di amori e dato vita a una prole numerosissima. La sua morte passò inosservata: questa cronaca è stata scritta per rendergli il meritato tributo.

L'ambulanza arrivò dopo pochi minuti, attenuando per un po' l'angoscia dei due genitori. All'ospedale, il medico li rassicurò: Coraline era fuori pericolo. Osservò che la ragazza si era inferta solo un taglio abbastanza profondo, il secondo l'aveva appena accennato e non aveva toccato il polso destro. Doveva avere avuto forti dubbi riguardo alla sua volontà suicida e forse essersi aspettata che qualcuno la salvasse. Adèle scoppiò in lacrime e nemmeno Jacques poté trattenere un pianto liberatorio. La coppia prese un taxi per tornare a casa e rimase in silenzio durante tutto il tragitto.

Una volta dentro le mura amiche, Adèle ruppe l'argine che le tratteneva le parole in gola: – Jacques, sei stato eccezionale... un eroe. Hai salvato la vita a Coraline... Non avrei mai creduto che fossi capace di fare quello che hai fatto oggi.

– Se succedesse qualcosa a Coraline... oppure a te, morirei.

Gli occhi di Adèle liberarono nuove lacrime. – Devo confessarti una cosa... negli ultimi tempi pensavo che il nostro matrimonio stesse andando a rotoli, ma adesso... non so più cosa pensare... ecco...

– Ho fatto tanti sbagli con voi...

– Sì... Credo che fosse perché ti mancava la fiducia in te stesso. Ma la puoi risolvere: ripeto, oggi sei stato fantastico.

– Grazie, Adèle; in fondo sul lavoro non sono così male. Ma adesso... c'è una cosa molto più importante – Jacques prese un respiro profondo. – Vorrei tanto ricominciare il nostro matrimonio su basi nuove. E al tempo stesso dobbiamo stringerci attorno a Coraline, che in questo momento ha un bisogno infinito di noi. Ecco... provi anche tu quello che provo io?

Jacques diresse il suo sguardo carico di speranza verso gli occhi della moglie, che ebbe bisogno solamente di qualche secondo prima di gettarglisi addosso per cingerlo in un abbraccio appassionato. – Sì, lo voglio anch'io, Jacques. Ce la possiamo fare se lo vogliamo tutti e due.

Adèle e Jacques rimasero stretti l'uno all'altra a lungo.

Adèle attese l'indomani per informare i genitori di persona: il padre Edouard, l'anno prima, aveva subito una delicata operazione al cuore per l'inserimento di un bypass e non avrebbe potuto dare loro la notizia del tentato suicidio di Coraline per telefono. La madre non poté trattenere un pianto misto di preoccupazione e di sollievo mentre il padre levò un'invocazione a Dio.

La mattina seguente, un venerdì di luglio, Edouard stava conducendo la moglie Laure a una visita di controllo dall'oncologo, fissata da tempo. Arrivata al settimo *arrondissement*, la macchina percorreva celere una strada a scorrimento rapido. Laure si accorse prima del marito che il semaforo successivo era già passato al rosso e gli chiese di frenare con una punta di nervosismo. Edouard reagì rapidamente e riuscì a bloccare l'auto poco prima della linea bianca. A pochi metri di distanza, un altro veicolo che proveniva da destra attraversò l'incrocio indisturbato. Il conducente era Thomas Morel, comandante di fregata, e al suo fianco era seduta la moglie.

Il mese di agosto era subentrato al mese di luglio da una settimana esatta, quando a bordo di un'unità della marina militare francese fu dichiarato lo stato di allarme rosso: il sonar aveva individuato un sottomarino nucleare russo nelle acque territoriali al largo del porto di Saint Nazaire. Per di più l'avvistamento avveniva in un momento di tensione estrema tra l'Occidente e la Russia, tanto che alcuni analisti avevano cominciato a utilizzare il concetto di *guerra tiepida*.

Morel contattò d'urgenza lo Stato Maggiore della Marina e ricevette carta bianca sulla decisione da prendere per *neutralizzare la minaccia agli interessi nazionali*. Convocò subito il comandante in seconda e gli altri ufficiali per comunicare loro il suo pensiero:
– La situazione è critica e dobbiamo difendere il nostro Paese usando la massima cautela. Non possiamo bombardare il sottomarino e nemmeno colpire le acque nelle sue vicinanze: gli animi sono tesi come violini e non sappiamo come potrebbero reagire i russi. E non possiamo nemmeno avvicinarci troppo rimanendo inerti: il rischio che ci lancino un siluro in un momento di massima tensione come questo sarebbe troppo alto.

Morel vide alcune espressioni interrogative dipingersi sui visi dei suoi.

– Ecco allora come propongo di agire: ci avviciniamo ai russi ma non dirigendoci direttamente verso di loro e mantenendo una distanza di sicurezza che ci permetta di schivare gli eventuali siluri. Capiranno che li abbiamo individuati e noi li seguiremo da lontano finché non si allontaneranno dalle nostre acque territoriali.

Il comandante in seconda fu lesto a reagire, prima ancora che Morel potesse sollecitare un'opinione degli ufficiali: – Saggia decisione, comandante.

Gli altri presenti espressero la loro totale approvazione, chi con brevi parole chi annuendo. La fregata iniziò la manovra di avvicinamento.

A bordo del sottomarino, il tecnico del sonar avvisò il comandante, Ivan Kozlov, che la nave francese li aveva avvistati: – Non stanno venendo però direttamente verso di noi, si muovono su una linea spostata di circa dieci gradi.

– Mmh... vogliono dirci che non hanno intenzione di attaccare ma potrebbe anche essere un trucco per prenderci di sorpresa. Manteniamo la rotta per il momento, aumentando la velocità a ventidue nodi.

Trascorsi poco più di cinque minuti, il tecnico diede la sua nuova valutazione: – Seguono la nostra stessa rotta ma non si avvicinano più.

– Viriamo di sessanta gradi verso dritta, stessa velocità.

La reazione della fregata non si fece attendere e la distanza tra le due unità nemiche tornò a essere quella di prima.

– Adesso è chiaro, continuano a sorvegliarci senza avvicinarsi troppo a noi: non hanno intenzioni ostili.

– Cosa facciamo, comandante? – chiese Arseniy Lebedef, l'ufficiale numero tre del vascello.

– A questo punto non ha più senso restare nelle loro acque territoriali: allontaniamoci in direzione nord-ovest.

A bordo della fregata si levarono grida di sollievo: – Se ne vanno, se ne vanno!

Il comandante in seconda si avvicinò a Morel e gli disse con un tono solenne, badando bene a farsi sentire da tutti i presenti sul ponte di comando: – Hai mantenuto il sangue freddo e preso la decisione giusta. Hai protetto il nostro Paese nel migliore dei modi. Sei un esempio per tutti noi.

In quel mentre, al quartier generale della Elettéres nel secondo *arrondissement* di Parigi, Jacques, Gérard, il direttore generale, l'amministratore delegato e tutti i dipendenti dell'azienda continuavano a lavorare, nel pomeriggio di un'ordinaria giornata estiva. Non sarebbero mai venuti a sapere del pericolo mortale che avevano corso.

Il comportamento esemplare di Gérard Bauer nella sua posizione dirigenziale, grazie al quale venne scongiurata un'apocalisse nucleare, è rimasto finora sconosciuto a tutti. Questa cronaca è stata scritta per rendergli il meritato tributo.

Il virus

– Ciao cara. Ho dimenticato di dirtelo prima, ma stasera esco. Sai, con gli amici del calcio.

Rosa D'Alessandro rispose al marito Lorenzo con un sorriso neutrale: – Va bene. Fai solo attenzione a non svegliarci quando torni.

– Hai ragione, cercherò di non fare troppo rumore. E voi, guardate una commedia alla tv. Domani mi racconti la trama, va bene, Lisa?

Lorenzo fu di ritorno solo verso mezzanotte e mezza; girò la chiave nella porta d'ingresso con lentezza ed entrò con circospezione. Usò il bagno del piano terra badando ad aprire il rubinetto solo di poco e azionando appena la leva dello sciacquone. Poi salì al piano di sopra e si diresse verso la camera matrimoniale: rimase sorpreso di scoprire che il letto era vuoto. Gli venne in mente di controllare anche la stanza della figlia e nemmeno lei c'era. Ma dov'erano andate a quell'ora della notte? Era successo qualcosa? Ridiscese accendendo tutte le luci, finché scoprì un foglio sul tavolo della cucina, scritto con un pennarello blu. Era la calligrafia della moglie. Lesse il messaggio: *Lisa e io abbiamo fatto il test Covid e siamo entrambe positive. Ci isoliamo giù nella taverna.*

Bene, aveva già risolto i suoi dubbi, ma lo assalì una nuova preoccupazione: come stavano moglie e figlia, avevano sintomi gravi? Pur sapendo che avrebbe dovuto evitare ogni contatto con loro, scese le scale e constatò che la porta della taverna era chiusa a chiave. Bussò e chiese: – Rosa, Lisa, come state? Non avete sintomi gravi, vero?

Gli rispose una voce cavernosa: – No ma siamo entrambe raffreddate, come puoi sentire, e io ho anche mal di gola.

– Cosa posso fare? Vi posso portare qualcosa?

– No, ho già pensato a tutto, abbiamo da bere e qualche spuntino, ma nei prossimi giorni ci porterai tu colazione e cena.

Lorenzo storse le labbra: non era abituato a occuparsi dei pasti, il compito spettava alla moglie. Ma il suo timbro di voce non fece trapelare nulla: – Va bene, cara, certo. E domani mattina chiamo il dottore.

– No, non è necessario, ho già registrato i nostri casi sul Fascicolo sanitario elettronico e abbiamo preso tutte le medicine che ci possono servire. Vai a letto, adesso, e domani mattina ci lasci la colazione fuori dalla porta prima di andare al lavoro. Buona notte.

– A voi.

Lorenzo risalì in camera senza riuscire a nascondersi che quegli ultimi avvenimenti gli parevano un tantino strani. Come mai Rosa e Lisa si erano ammalate contemporaneamente? E poi che tono perentorio aveva usato la moglie nell'ultima frase, sembrava proprio che volesse evitare la visita del medico di famiglia a tutti i costi. Nella sua mente si instaurò un flusso di pensieri preoccupati e non riuscì ad addormentarsi prima delle due. Il mattino seguente assolse la nuova incombenza, portando giù una colazione per due preparata a puntino e avvisando con tre colpetti alla porta. Si recò poi nello studio di avvocati in pieno centro dell'Aquila che condivideva con un collega, come d'abitudine in macchina: la distanza da casa, nel quartiere Pettino, era troppa per percorrerla a piedi e lui non amava i mezzi pubblici, perché rifuggiva la promiscuità forzata.

Subito dopo la pausa pranzo chiamò Rosa al cellulare per farsi aggiornare sulla situazione e udì una voce cavernosa come quella della sera precedente: – Stiamo come ieri, non c'è stato nessun peggioramento.

– Ma sei sicura che non dobbiamo chiamare il dottore?

– Sì, Lorenzo, te l'ho già detto ieri che non ce n'è bisogno.

– Possiamo passare un attimo alla videochiamata?

– Meglio di no. Non mi va che tu mi veda così.

Ma com'era misteriosa la moglie, non si ricordava di averla mai sentita così... o meglio, era successo soltanto in un paio di occasioni negli ultimi mesi. E da quando avevano smesso di fare l'amore si era lasciata andare dal punto di vista dell'aspetto: era ingrassata, si truccava pochissimo, faceva meno attenzione all'abbigliamento. E allora che cosa le sarebbe importato se lui l'avesse vista mentre era ammalata? La telefonata di un cliente interruppe il suo rimuginare.

La sera portò a casa dei tranci di pizza, preparò un vassoio aggiungendovi mele e pere e lo lasciò davanti alla taverna.

– Lisa, Rosa, oggi ho lavorato tanto e non avevo voglia di cucinare ma vi ho portato qualcosa che vi piace, pizza e frutta.

Gli rispose la figlia: – Va bene lo stesso, papà.

– Come stai, Lisa?

– Come ieri ma passerà. Puoi andare, sai?

Anche la figlia lo invitava a lasciarle stare e per di più con una voce arrochita. Ma concluse che doveva essere l'effetto del Covid e che in quelle circostanze un eccesso di prudenza era preferibile a un eccesso di leggerezza. Consumò la cena, anche per lui a base di pizza ma con l'aggiunta di un bicchiere di buon Montepulciano, fece una sosta in bagno e si sedette a letto per riprendere il romanzo che aveva abbandonato sul comodino da qualche giorno. Quando richiuse il libro, sentì la bocca un po' secca e ridiscese in cucina per riempirsi un bicchiere di acqua minerale fresca. Ridirettosi verso le scale, udì appena delle voci provenienti dalla taverna, che subito si chetarono. Non vi diede alcuna importanza, anche perché riuscì a cogliere soltanto l'ultima parola, e nemmeno con sicurezza, *corti* o *torti*. Basta, adesso doveva addormentarsi, l'indomani sarebbe stata una giornata impegnativa sul lavoro e poi avrebbe rivisto Diana Romana: un sorriso gli si stampò sul volto senza che quasi se ne rendesse conto.

Tre mesi prima, appena passato Ferragosto, Castel del Monte brulicava di gente, tra abitanti, turisti e concittadini emigrati che vi ritornavano durante il periodo estivo, felici di ritrovare vecchie atmosfere e amici di lunga data. Il programma del mese di ago-

sto era colmo di eventi e in quei giorni agostani si raggiungeva l'apice di tutto l'anno: il borgo alle pendici del Gran Sasso diventava teatro della Notte delle Streghe, uno spettacolo che aveva ormai acquisito una fama ragguardevole. Un gruppo di una ventina di turisti seguiva le spiegazioni di Davide, una guida turistica locale. Capelli rasati, barbetta e occhiali da intellettuale, era capace di assorbire l'attenzione dei visitatori grazie a una eloquenza forbita e a una conoscenza minuziosa della storia, dei costumi e della geografia locali.

– *La Notte delle Streghe, ru rite de' re sette sporte*, è uno spettacolo teatrale itinerante che si svolge unicamente a Castel del Monte e ha lo scopo di rievocare un rito antichissimo celebrato fino agli anni Cinquanta del secolo scorso. Serviva a esorcizzare la paura delle streghe che aggredivano i bambini appena nati e li succhiavano fino a togliere loro la vita.

A quelle parole, un brivido di paura percorse il pubblico e una mamma cercò di tranquillizzare i suoi due ragazzi di dieci e dodici anni ricordando loro che le streghe non esistono.

Quel giovedì era tornato dal lavoro prima del solito e si era impegnato a preparare lui stesso una cena decente, con uno dei pochi primi piatti che gli riuscivano bene: il risotto allo zafferano. La moglie gli aveva scritto via Whatsapp che lei e la figlia si sentivano un po' meglio, per cui non c'era nulla di cui preoccuparsi. Era proprio quello che lui voleva leggere, perché, al contrario, un peggioramento delle loro condizioni l'avrebbe costretto ad annullare l'appuntamento che aspettava da due settimane. Lasciò il vassoio riempito a dovere dietro alla porta, bussò e disse con tono compiaciuto: – Eccovi una cenetta preparata dal sottoscritto; sono sicuro che vi farà bene. – Prese un largo respiro, in maniera plateale. – Io ho già mangiato e adesso esco con il giro degli avvocati.

– Passa una buona serata, Lorenzo.

– Grazie, Rosa. Non è solo divertimento, sai: in queste serate possono saltare fuori nuove occasioni per il lavoro.

– Sei forte, papà.

Lorenzo replicò sorpreso: – Faccio tutto questo per voi, tesoro.

Mentre si preparava, non poté fare a meno di osservare che la figlia non gli si rivolgeva con quelle parole da quando era bambina: che strani effetti sulla psiche doveva causare il Covid, rifletté. Fatta la doccia, si spruzzò per quattro volte sul petto e sotto le ascelle l'eau de toilette preferita e si abbigliò di un'eleganza casual, nella quale spiccava una giacca autunnale in tweed marrone. Sceso in garage, prese a canticchiare d'istinto per qualche secondo ma poi si arrestò, essendosi reso conto che avrebbe potuto essere udito dalla taverna.

Lei abitava all'altro capo dell'Aquila, in un moderno appartamento di tre stanze alle cui spese contribuiva in gran parte lui, oltre a ricoprirla di regali. Diana aveva ventisette anni, diciannove meno di lui e sedici in meno di Rosa. Lui trovava che tra le due donne della sua vita ci fosse un abisso: la moglie ormai quasi non riusciva ad abbracciarla, tanto si era allargata, e non vi riconosceva più la giovane ragazza di cui era stato innamorato; Diana, invece, con quei suoi grandi occhi celesti da bambina su un viso rumeno dal sapore vagamente esotico, il corpo morbido e sinuoso e, soprattutto, una pelle chiara, dolce e levigata, pareva avesse poco più di vent'anni e per lui era la Venere in persona. Ogni volta che giungeva davanti alla sua porta dopo essersi fatto due piani di scale a piedi e premeva il campanello, assaporava ogni secondo d'attesa guardando verso lo spioncino e il cuore gli accelerava vigorosamente.

Quella sera trascorse da lei quasi tre ore, raggiungendo l'apice per due volte e dandolo a lei quattro volte. Stanchissimo ma con il fisico e la mente felici e carichi di endorfine, si rimise alla guida dell'auto, che per prudenza aveva parcheggiato a un paio di centinaia di metri di distanza. Il tragitto di ritorno in auto lo conosceva ormai a memoria e gli venne da ripensare alle confidenze che si era scambiato col suo migliore amico, anch'egli avvocato. Era stato l'amico a rivelargli per primo che frequentava una giovane amante e poi si era aperto anche lui, mosso da spirito di emulazione. Si era distinto anche più del collega nel tirare fuori le buone ragioni per le quali aveva pieno diritto a godersi un'amante: lavorava tanto e duramente; era lui che manteneva la famiglia e permetteva a tutti un tenore di vita agiato, ché la moglie portava a casa solo qualche centinaio di euro al mese con il suo impiego a tempo parziale come bibliotecaria; per un uomo è più normale cercare l'avventura, soprattutto quando la moglie non è più la stessa, e poi per l'uomo il sesso è anche necessario per restare in buona salute; insomma non faceva nulla di male, l'importante era che la relazione rimanesse riservata e, soprattutto, che non la scoprisse la moglie.

Rientrò nella villetta che era ormai passata l'una e cercò di fare il minor rumore possibile, pur sospettando che almeno la moglie doveva averla svegliata con il ronzio del motore e con il cigolio della porta del garage. Passò appena per il bagno, si gettò sul letto e si addormentò come un sasso.

— Il rito consisteva nel vegliare il bambino malato per nove notti, dopodiché se ne prendevano i panni che venivano portati in processione sotto sette sporti dalla madre, dalla comare di battesimo e da altre parenti e donne fidate, di notte e in totale silenzio. Giunte a un crocevia, le donne si fermavano e battevano con forza i panni dandogli fuoco: agendo così credevano di poter scacciare la strega e guarire il bambino.

— Cosa ci può raccontare invece di quello che succede a Rocca Calascio? — chiese un signore di mezz'età.

— Rocca Calascio? È un castello duecentesco molto suggestivo che è stato il set di diversi film, tra i quali Ladyhawke, tanto che è conosciuto anche come il castello di Ladyhawke. Merita sicuramente un'escursione.

— Non mi riferivo a questo. Ho sentito dire che d'inverno sono state viste delle luci provenire dall'interno della rocca.

— L'ho sentito anch'io ma si tratta evidentemente di una leggenda metropolitana: non è stato mai eseguito nessuno spettacolo di luci e suoni ambientato lì dentro. — Davide concluse la sua risposta abbozzando

un sorriso e poi riprese le spiegazioni sulla Notte delle Streghe, raccontando del ruolo importante giocato dal poeta pastore Francesco Giuliani, al quale si deve una delle poche testimonianze scritte concernenti il rito.

La giornata seguente cancellò tutto il benessere che la visita a Diana gli aveva regalato. A mattina inoltrata, in tribunale, apprese di aver perso in primo grado una causa civile con il suo cliente più importante, un imprenditore locale, che lo mandò letteralmente al diavolo, gridandogli che avrebbe cercato subito un nuovo avvocato. Tornato allo studio dopo una pausa pranzo frugale, con i nervi tesi come le corde un violino, quasi si mise a litigare con il socio per una questione amministrativa piuttosto banale prima di riuscire a riprendere l'autocontrollo. Lo colpì poi uno dei suoi rari momenti di scoramento, nei quali si sentiva stufo di lottare con i giudici, gli avvocati della parte avversa e i clienti stessi. Anche quella volta la fase acuta terminò solamente dopo qualche minuto: sapeva di essere troppo giovane e di avere davanti a sé un'altra quindicina di anni di lotta. Un altro caso riassorbì subito la sua concentrazione.

Quando rientrò a casa, una forte dose di irrequietezza pervadeva ancora il suo animo e ne guidò le azioni. Aprì il frigo e imprecò vedendolo mezzo vuoto: la giornataccia appena lasciata alle spalle gli aveva fatto dimenticare di fermarsi al supermercato e non aveva alcuna voglia di rimettersi in auto e uscire di nuovo. Una pasta al pomodoro o al pesto avrebbe potuto prepararsela con quanto c'era in dispensa, ma gli sarebbero mancate la mozzarella e la frutta e si sarebbe dovuto accontentare di una confezione di insalata quasi scaduta come contorno. Lasciò cuocere le penne rigate un paio di minuti di troppo e consumò la cena senza alcuna soddisfazione; gli rivennero anzi in mente i suoi primi tentativi in cucina, quand'era ancora uno studente e i tempi della pasta li sbagliava spesso. Il viso gli si irrigidì. Avvisò la moglie via Whatsapp che stava per scendere, preparò il vassoio di malavoglia e si avviò giù per le scale. Batté due volte alla porta e chiese che gliela aprissero per un istante. Rosa gli rispose: – No, è troppo presto, siamo ancora contagiose.

– Ma mi metto la mascherina e poi solo un istante, dai, ho voglia di rivedervi.

– Papà, lascia stare. Devi aspettare ancora un po' – disse Lisa.

La tensione accumulata durante la giornata, l'ansia mai sopita per le condizioni della moglie e della figlia e i secchi dinieghi di entrambe, per di più espressi sempre con una voce roca e sgradevole, lo fecero esplodere. Poggiò di scatto il vassoio sul pavimento, tanto che si rovesciò dell'acqua dai due bicchieri, e afferrò la maniglia spostandola su e giù compulsivamente, per poi tirarla a sé con violenza finché gli rimase in mano. La gettò a terra lanciando un'imprecazione e gridò: – Adesso basta! Mi volete aprire?

– Papà! – urlò isterica la figlia.

La moglie intervenne con un tono perentorio: – Lorenzo, datti una calmata! Devi imparare a controllarti; i tuoi attacchi di nervosismo ti fanno male e ci danno molto fastidio. E poi non ti permettere di spaventare Lisa!

La reazione decisa di Rosa e l'atteggiamento dominante che solo di rado le aveva visto assumere prima di allora ricacciarono l'ira di Lorenzo all'interno del suo animo. Doveva rassegnarsi, avrebbe dovuto attendere ancora: non sarebbe nemmeno stato possibile gettare una sbirciatina dentro la stanza, perché gli avvolgibili della porta finestra sul lato opposto della taverna rimanevano sempre chiusi. Borbottò quasi meccanicamente: – Va bene. Ma spero che questa storia finisca presto.

Risalì in cucina per trangugiare una pillola di sonnifero prima di recarsi al piano superiore. Si gettò sul letto nel quale avrebbe dormito da solo per la terza notte consecutiva. Capitolò rapidamente al sonno, consegnando all'oblio temporaneo della notte gli eventi di quel giorno orribile.

Si risvegliò, madido di sudore, a un'ora imprecisata; il soffitto diffondeva una leggera tonalità azzurrina dovuta alla fioca luce della sveglia sul comodino alla sua destra. Il silenzio regnava sovrano, avendo lui chiuso le due finestre sulla parete esterna così come la cucina, mentre la porta della stanza era solo accostata per permettere un minimo di ricambio d'aria. Percepì una traccia di odore sconosciuto ma quello che lo colpì fu un dolore insolito che sentiva al braccio destro. Provò a girare la testa, si accorse di non poterlo fare, allora cercò di muovere le mani, le braccia, le gambe: nulla, il corpo non reagiva. Respiro a parte, era paralizzato. Ne fu spaventato, tuttavia non si fece sopraffare dall'angoscia e cercò di ragionare a mente fredda. Che cosa gli era successo? Con tutto quel sudore poteva essersi preso anche lui un virus, lo stesso Covid forse, in una versione fulminante? Ma il suo fisico era forte, il sistema immunitario avrebbe reagito e avrebbe dato all'invasore il trattamento che si meritava: doveva solo aspettare. Attese qualche minuto prima di tentare qualche timido movimento, senza riuscirci. Lasciò passare un intervallo di tempo più lungo, ci riprovò e di nuovo le sue membra si rifiutarono di rispondere. Si trattava veramente di un virus o era stato colpito da un ictus o qualcosa del genere? L'angoscia, della quale aveva saputo respingere il primo attacco, cominciò a insinuarsi nel suo animo.

Era trascorsa un'altra mezz'ora o forse un'ora, quando gli parve di udire uno scalpiccio di passi dalle scale: lo stavano colpendo anche le allucinazioni o le orecchie non lo ingannavano? Il cuore accelerò la sua corsa e ne distrasse l'attenzione, finché il rumore di passi si ripeté, sempre più nitido e vicino, e il terrore si impadronì di lui. Dovevano essere dei ladri, proprio quando lui era congelato nell'immobilità. Si figurò quello che stava per accadere: gli avrebbero chiesto di condurli nei posti della casa dove erano nascosti soldi, gioielli e oggetti preziosi e, credendo che lui li volesse prendere in giro, l'avrebbero percosso con violenza. Totalmente inerme com'era, non avrebbe nemmeno potuto cercare di attutire i colpi. Il cuore si mise a battere così forte nel petto che gli parve stesse per scoppiare. La luce della camera si accese e percepì con la coda dell'occhio due figure che si avvicinavano; le riconobbe un istante prima che una parlasse con voce imperiosa: – *Le streghe sono forti e non subiscono torti!*

La seconda figura ripeté decisa: – *Le streghe sono forti e non subiscono torti!*

– Lo so che hai paura, Lorenzo. E ne hai tutte le ragioni.

Ma perché la moglie lo stava minacciando? E che ci facevano lei e Lisa abbigliate con quel mantello nero lucido?

– Ti stai chiedendo perché indossiamo il mantello, vero? Perché è la nostra uniforme: Le cose non sono come tutti credono – Rosa fece esplodere una risata agghiacciante.

– E tu cosa pensavi, che io non sapessi che mi tradivi con quella sgualdrina? L'ho capito molto presto: non sei in grado di tenermi nascosti i tuoi segreti. Quanto mi hai fatto soffrire, maledetto. Ti ho amato e ti ho dato tutto, per te ho fatto tanti sacrifici, ho rinunciato a una carriera mia, mi sono occupata quasi solamente io della casa e della famiglia. E tu mi ripaghi col tradimento! Sei un verme, un'ameba!

Lorenzo sentì il bisogno di ribattere in qualche modo, per cercare di placare l'ira della moglie, ma nonostante tutti gli sforzi riuscì appena a schiudere le labbra ed emettere un paio di mugolii indistinti.

– Ti conviene risparmiare il fiato se vuoi vivere più a lungo.

La seconda minaccia a breve distanza dalla prima, e ancora peggiore.

– Ma io non mi sono data per vinta, come fanno tante donne per il quieto vivere, mi sono guardata attorno e alla fine ho trovato come risalire dall'abisso in cui tu mi avevi gettato. Mi sono fatta delle amiche tra le attrici della Notte delle streghe e ho accennato alle mie pene, finché una di loro ha compreso il mio malessere e io le ho confidato tutto. È una donna eccezionale, ha un carisma magnetico e una capacità straordinaria di comprensione dell'animo umano. Mi ha raccontato del movimento di streghe da lei fondato, donne forti che hanno il pieno controllo della loro vita. Mi ha chiesto se volevo farne parte anch'io insieme a Lisa: non ci ho pensato su due volte, era proprio quello di cui avevo bisogno per ritrovare la stima in me stessa, che tu hai calpestato. Ma adesso non lo potrai fare più, mai più!

Rosa aveva buttato fuori quelle ultime parole con un'energia tale che la sua voce risultò al tempo stesso stridula e terrificante, e Lorenzo si sentì gelare il sangue nelle vene.

– Seguiremo la madre superiora e vivremo libere come streghe moderne del ventunesimo secolo, solidali l'una con l'altra, invincibili. Trascorreremo lunghi periodi in un rifugio che ci appartiene a Campo Imperatore, dove passeremo il nostro tempo a contatto con la natura, rispettandola e seguendo i suoi ritmi, imparando nuovi incantesimi e incantando i lupi. La notte del solstizio d'inverno ci riuniremo a Rocca Calascio per celebrare il grande Rito del Trionfo del Ghiaccio. In agosto ci incontreremo poi a Castel del Monte, confuse in mezzo alla folla, e il nostro numero crescerà. La Notte delle streghe è una copertura perfetta: tutti credono che sia solo uno spettacolo rievocativo; ho sentito io stessa una guida locale, un certo Davide, raccontarlo ai turisti. Nessuno sospetta che tra le attrici ci siano delle vere streghe. È stato uno dei colpi di genio della madre superiora. Ah, com'è limitato invece il mondo contemporaneo, assolutamente incapace di concepire una potenza spirituale grande come la sua.

Rosa portò la mano destra alla fronte e si tracciò un segno che a Lorenzo parve un triangolo rovesciato.

– Adesso starai forse cominciando a chiederti cosa ne sarà di te. C'erano due opzioni: avrei potuto abbandonarti all'improvviso, portando Lisa con me. Ma io ti conosco, tu puoi essere spietato e vendicativo quando ti arrabbi, non avresti tollerato l'affronto e avresti fatto di tutto per attaccarci, come avvocato e anche con la violenza. E io non potevo permettere che tu mettessi in pericolo il nostro movimento, che è la cosa più bella alla quale abbia mai partecipato. Certo, alla fine avremmo vinto noi e ti avremmo fatto fuori lo stesso, ma non in maniera controllata, e ci sarebbe stato il rischio di attirare l'attenzione degli inquirenti su di noi. No, non potevo permetterlo.

Lorenzo lanciò un mugolio colmo di terrore, riuscendo persino a emettere una *enne* strascicata.

– Ho scelto dunque l'alternativa più radicale. Prima di tutto, dovevo essere sicura che non ti svegliassi e ti ho spruzzato addosso una forte dose di cloroformio mentre dormivi. Per noi produrne una quantità sufficiente è cosa banale, con tutte le capacità sapienzali di cui disponiamo. Non è stato poi nemmeno necessario aprire la finestra per farlo uscire, ho indossato una maschera che fa parte della nostra dotazione. Ma la chiave è il filtro segreto che la madre superiora ha saputo creare insieme a un paio di aiutanti: è un prodotto unico, potente ed efficace. Ti ho preso il braccio e te ne ho iniettato una fialetta intera. È per questo che sei già quasi del tutto paralizzato. E tra un po' la paralisi raggiungerà anche i muscoli della respirazione: ci vorrà una mezz'ora, forse un'ora, e non riuscirai più a far entrare aria nei tuoi polmoni.

Ma cos'era quell'orribile incubo, peggio di un film dell'orrore? Non poteva essere vero: la parte razionale del cervello di Lorenzo stentava a crederlo, tuttavia le sue pupille, sotto il controllo del tronco encefalico, presero a dilatarsi.

– Sarà un omicidio perfetto: nessun dottore potrà individuare le tracce minime del composto rimaste nel sangue, perché sparisce rapidamente. La tua morte verrà dunque dichiarata come morte naturale. E io ho l'alibi perfetto: Lisa e io abbiamo ufficialmente il Covid e diverse persone sanno ormai che ci siamo chiuse nella taverna. Quando domani sera chiamerò il 118 e gli operatori scopriranno che sei deceduto, reciterò la parte della vedova inconsolabile e Lisa quella della figlia talmente sconvolta da non riuscire più a parlare.

Come aveva potuto Rosa plagiare la figlia in quel modo e convincerla a rendersi complice dell'omicidio del padre? Lorenzo si chiese se non fosse un po' anche colpa sua, perché l'aveva trascurata da quando si era fatta adolescente, tutto concentrato com'era sul lavoro, sugli amici e poi anche su Diana.

– Lisa è già forte e lo diventerà molto più di me, avendo cominciato il suo addestramento da giovane. Questi giorni li abbiamo usati bene e le ho insegnato tante cose nuove. Lisa, di' al tuo ex papà cosa pensi di lui.

Lisa si espresse senza alcun imbarazzo, fissando il padre negli occhi: – Non ho più bisogno di te, ho la mamma e le amiche streghe. Te ne puoi andare, Lorenzo.

Come! nemmeno *papà* lo chiamava più? E aveva parlato con una freddezza glaciale, pareva perfino più cattiva della madre.

– Brava, Lisa. Un giorno forse prenderai tu il posto della madre superiora.

Un sorriso di compiacimento, quasi di trionfo, si stampò sul viso della figlia. Ma era veramente suo, quel ghigno, si chiese Lorenzo. E come mai gli occhi erano più neri e lucenti del solito?

– E il nostro movimento potrà aiutare altre donne tradite dai loro partner, umiliate o battute: perché molti di voi uomini si sentono ancora dominanti per un retaggio ancestrale e credono che tutto gli sia dovuto. La donna è un essere inferiore per voi, una volta conquistata è buona solo per stare a casa, deve essere docile e comprensiva. E poi con quale leggerezza la tradite, incuranti dei dolori e delle angosce che potete provocare con il vostro comportamento sciagurato, da immaturi e superficiali quali siete.

Lorenzo emise un gemito di disperazione.

– Ma adesso è finita, a me non potrà più succedere. *Le streghe sono forti e non subiscono torti*, e io e Lisa siamo delle streghe ormai. Addio, Lorenzo, avrai la fine che ti meriti.

– Addio, Lorenzo – ripeté Lisa.

Mentre la moglie e la figlia si accingevano a lasciare la stanza, dalle labbra di Lorenzo fuoriuscì un ultimo gemito. Forse per la tensione estrema che la rivelazione della moglie gli aveva procurato, la sua respirazione cominciò a farsi affannosa. Se ne andò dopo poco più di una mezz'ora, proprio come la moglie aveva previsto.

Sono trascorsi diciotto mesi: il movimento delle streghe abruzzesi ha travalicato i confini della regione e ha liberato altre donne oppresse da mariti e compagni dominatori, ricorrendo soltanto in pochi rari casi all'omicidio. Grazie all'abilità delle affiliate, sviluppata attraverso un addestramento rigoroso, la sua segretezza è rimasta inviolata. Tanti uomini violenti o fedifraghi non sospettano nemmeno che presto finiranno nel mirino delle streghe: spavaldi, sicuri di sé, non hanno idea invece di quanto siano piccoli e deboli rispetto a loro.

E Lisa? Lisa è stata presa sotto la protezione diretta della madre superiora, che ne riconosce tutte le potenzialità per succederle un giorno alla guida di un'organizzazione che si farà sempre più potente.

La Seconda Grande Rinuncia
(dedicato a L'Aquila, la regina degli Appennini)

Sono di nuovo le cinque del mattino ma non è un mattino come tutti gli altri. Questo è un giorno speciale per un filologo come me, con la mia fama da grande studioso e da uomo dai profondi principi etici. Mi muovo a fatica e con gesti maldestri all'interno della dimora che ho ereditato dai nonni paterni. Luogo troppo umile per i gusti delle mie frequentazioni aristocratiche e troppo fastoso per i miei amici contadini, ma oggi per me risulta quasi un luogo istituzionale e scomodo poiché, con la mente, sono già proiettato verso il grande evento e ciò mi fa sentire osservato, come messo alla prova.

La mattina di solito aspetto che sia la servitù a portarmi del latte e del pane mentre oggi, in preda all'ansia, faccio uno strappo alla regola, decido di entrare in cucina per arraffare quanto di commestibile ci sia sul grande tavolo in legno che spesso viene usato come piano di lavoro o deposito per la selvaggina e le verdure raccolte dal nostro orto. Mangio il pane e sorseggio il latte freddo mentre rileggo il mio programma. Esco di casa con Ubi, il mio cavallo bianco, amico fedelissimo ormai da lungo tempo.

Decido di mettermi in cammino prima del previsto per evitare di essere sommerso dalla folla, rischiando di non partire. In una manciata di secondi mi allontano dalla mia casa e dal grande giardino chiazzato da fiori colorati sovrapposti in maniera sconnessa, che rispecchiano il mio stato d'animo. Lascio il villaggio ancora inanimato, tanto che pare un luogo abbandonato. Se mi soffermo ad ascoltare i suoni dell'alba, sento solo l'acqua che sgorga dalla fontana della piazza principale, per il resto è tutto così tranquillo da sembrare quasi un luogo tenebroso come nei migliori scenari gotici; manca solo la nebbia.

Dopo venti minuti di cammino con Ubi, mi trovo già ai piedi dell'eremo di Sant'Onofrio, dove l'alba s'insinua fra i monti e fra i rami con i suoi colori dai toni caldi fino ad arrivare, con massimo vigore, sulla roccia che sorregge la costruzione, creando sfumature che vanno dal color sabbia al marrone scuro. Queste tonalità, tipiche di una terra quasi arsa, fanno pensare a un territorio devastato da una serie di incendi, ma a me indicano che siamo in piena estate. L'erba secca ormai da tempo sembra grano con il suo calore e con il suo profumo. Guardo di nuovo l'eremo che s'inerpica fra i rami secchi: pare tutto incastonato nella roccia fino a fondersi con essa, quasi come fosse opera della natura piuttosto che dell'uomo.

Gli scenari aspri dei paesaggi talvolta verdeggianti, pur se solo in minima parte con la brillantezza dei sempreverdi, e talvolta lunari vengono interrotti da costruzioni che sembrano fagocitate dalla natura come se quest'ultima volesse, ancora una volta, affermare il proprio primato sull'uomo e sul suo operato.

Oltre alla natura variegata, in questa parte del mondo si alternano gli stili architettonici più disparati, che includono la grandezza delle prime popolazioni italiche e dell'Impero Romano – visibili nei resti archeologici talmente imponenti quasi volessero esprimere tutta l'energia di una civiltà ancora in espansione anziché in declino – per arrivare agli esempi più recenti. La grandiosità dei siti archeologici si contrappone al raccoglimento dei nuclei medievali, imprigionati dentro le mura cittadine che fungono da vere e proprie barriere per chi vi abita. I borghi riparano e proteggono dal mondo esterno, dai briganti e da ogni tipo di ingerenza, anche quella intellettuale.

In questa terra prevalentemente brulla, le aquile volano alto e si perdono fra le gole create dai monti. Nonostante si veda solo uno scenario incontaminato e vette immacolate anche in tarda primavera, si respira ovunque il sapore del Sud, e – se si tende l'orecchio – si sente quasi l'incalzare delle onde del mare spumose e violente. Un territorio autentico questo, una terra di confine fra due mondi, convergenza di due Italie, terra impoverita dall'ostilità del territorio ma arricchita, in questo giorno più che mai, dalla vicinanza di Roma.

Con lo sguardo abbandono l'eremo semplice e austero, ridotto all'essenziale nelle sue decorazioni eppure maestoso come un sovrano con la sua corona che domina la valle.

Sono in ritardo! Devo sbrigarmi se voglio assistere al grande evento!

Tra l'altro devo ancora fare tappa nel prossimo borgo per raccogliere dei doni da portare a sua Eminenza:

sono solo dei doni simbolici ma testimoniano l'orgoglio e la gioia delle personalità di rilievo di questi posti e il desiderio di far sentire la propria presenza, perché il mondo oggi celebrerà uno di loro, uno di noi.

In questa regione tutti hanno sentito parlare di lui almeno una volta. Molti hanno avuto il privilegio di incontrarlo, hanno cercato di avvicinarlo per chiedergli un consiglio, per immergersi nella sua umiltà, per rifugiarsi nella sua saggezza. Alcuni lo ricordano da giovane. Le sue vicende di fanciullo devoto sono state tramandate dai suoi coetanei, che parlano di un candido bimbo predestinato, votato alla vita spirituale, pronto al sacrificio, amante del silenzio. Una vita, la sua, fatta di preghiera, pace e natura. Un destino che va dalle esperienze più semplici e genuine fino ad approdare, quasi suo malgrado, all'ambiente della Curia e ai legami con i massimi esponenti degli ordini cavallereschi contemporanei. Tutta la sua esistenza si è svolta in maniera tale da condurlo fino all'evento di oggi. Inaspettatamente, il Conclave ha scelto proprio lui, strappandolo a una vita di preghiera, rigorosa, da eremita per eleggerlo al Soglio Pontificio.

La meta oggi è proprio quella basilica da lui voluta e realizzata con l'appoggio delle sue conoscenze influenti. Solida, sobria, fuori dalle mura cittadine, concepita in maniera da rispondere alle leggi del Creato e al tempo stesso da essere impregnata di elementi occulti. Simbolo principale della basilica è ancora quel rosone assoggettato ai cicli della natura, tondo e raggiante come un sole e realizzato nel pieno rispetto della numerologia e della legge dell'Ottava. Tutti questi simboli, soprattutto la legge dell'Ottava, mi perseguitavano come sogni ricorrenti e ogni volta mi svelavano un nuovo segreto, utile a mettere assieme alcuni dei tasselli che rivelano la magnificenza umana d'ispirazione divina.

Di nuovo l'ansia per il mio ritardo. Devo correre... corri cavallo bianco, corri più che puoi! Ti prego non fermarti!

Il mio cuore accelera all'impazzata e presto inizia a battere all'unisono con il ritmo del galoppo di Ubi. Nonostante la velocità acquisita, sento che non ce la farò. Devo ancora fermarmi al prossimo borgo per raccogliere i doni.

Sto per arrivare al borgo, varco la porta principale della cittadina fortificata, tutti si girano... mi sento osservato.

È come se la vita stesse scorrendo in maniera indisturbata fino a questo momento ma adesso ho fatto irruzione con Ubi: ci stavano aspettando.

Quando si arriva dall'esterno e si penetra in una realtà così circoscritta si ha la misura dell'epoca in cui viviamo. In genere la cinta muraria rende il centro abitato un vero e proprio microcosmo e molti degli abitanti spesso non sono nemmeno usciti da quel nucleo. Alcuni forse riescono a visitare un borgo vicino oppure, prima dell'imbrunire, si perdono per i campi circostanti fingendo di essere dei contadini stanchi ma non concepiscono la grandezza dell'Europa o del mondo. I più giovani hanno avuto il privilegio di osservare delle carte geografiche ma l'estensione della Terra rimane, per molti, un concetto astratto. Chi ha una visione limitata della realtà è convinto che il villaggio sia il mondo e le colline e le montagne in lontananza siano i confini dell'universo. Tutti vogliono essere parte di questo microcosmo e fare in modo di tornarci in tempo, soprattutto al crepuscolo, perché al di fuori delle mura cittadine correrebbero il rischio di cadere in preda ai briganti o di essere vittime delle streghe e dei loro incantesimi oltremodo mistificati nei racconti tramandati di generazione in generazione.

Di giorno la paura delle tenebre scompare come per mistero e tutti sono capaci di condurre una vita gioiosa. Anche oggi, quando al mattino presto arrivo in città con Ubi, c'è un clima di festa.

Il trotterellare di Ubi sul ciottolato cattura l'attenzione dei presenti che alzano lo sguardo. Gli artigiani interrompono il loro lavoro manuale, escono dalle botteghe come poche volte nell'arco della giornata. Le donne alle finestre stendono drappi bianchi simili al pallio papale. Riesco a scorgere gli interni di alcune case dove tutto parla di raccoglimento, devozione e di un certo stile rustico destinato a rimanere inalterato nel tempo. Le coperte, pensate per dei piccoli letti, sono variopinte e di colori brillanti come la natura in autunno o in primavera.

Tutti si riversano sulla piazza trascinando bestiame o utensili, a seconda del mestiere che svolgono, per assistere alla consegna dei doni. Al centro della piazza in festa, attorno alla vecchia fontana, mi aspettano il parroco, il podestà e i maestri per consegnare i propri simboli: oggetti di artigianato, libri e pergamene. Mi pregano di consegnarli a lui ma io non sono neanche sicuro di poterlo approcciare, anzi, se continuo così non arriverò neanche in tempo per l'incoronazione. La tiara papale verrà posta sul suo capo fra poche ore, devo sbrigarmi!

Dopo aver raccolto i regali mi allontano di nuovo con Ubi.

Tutti gridano: – Viva Pietro del Morrone, viva il Papa!

Attraverso il ponte levatoio e abbandono il borgo. La cinta muraria, con tutto il complesso fortificato, si rimpicciolisce e da imponente diventa via via un modellino da museo.

Attraverso il Tirino, le foreste... il cuore batte forte.

Tutti contano sulla mia presenza all'incoronazione, sono il filologo della zona; devo esserci, aver fiducia nelle mie forze, nel mio cavallo bianco. Non avrò mai più l'opportunità di assistere all'incoronazione di un Papa, la prossima volta non sarà a L'Aquila.

Già mi vedo farmi strada fra tutte le autorità e il clero. Ci sarà tutto il Conclave e poi tante personalità di spicco del momento. Ci sarà Dante Alighieri da Firenze: che onta, lui viene da così lontano eppure riuscirà ad arrivare prima di me, ne sono sicuro.

Sul cammino per L'Aquila capisco che questo è un giorno di festa per tutti, è un giorno luminoso per noi che altrimenti siamo dimenticati fra i monti. E invece per una volta siamo protagonisti. Attorno a me vedo una campagna in subbuglio come se tutti fossero in procinto di organizzare una sommossa popolare. I contadini alzano lo sguardo ogni volta che una carrozza o un cavaliere sfreccia tra i rami, e gli allevatori perdono di vista il loro bestiame pur di partecipare al delirio di questo giorno.

Strada facendo vedo altri borghi, tutti decorati a festa. Drappi bianchi appesi alle torri accarezzano l'imponenza dei baluardi, dai dongioni sventolano drappeggi più grandi che sfiorano i tetti delle case sottostanti, dominandole quasi a custodirle come farebbe un pastore con il suo gregge. Tutti sono riuniti sulle palizzate, tutti vogliono esserci, almeno con il cuore, vogliono celebrare quell'asceta rivoluzionario e umile perché è riuscito a rivoluzionare anche le loro vite e a farsi incoronare Papa, per giunta fuori dalle mura Vaticane.

La città si avvicina sempre più. Spero di scorgere la basilica con il fatidico rosone. Solo allora potrò dire di essere vicino alla meta. Come per incanto, più galoppo verso l'Aquila più mi sembra di non riuscire a raggiungerla, pare un incubo. Finalmente arrivo vicino al centro, vedo file di dame e cavalieri duecenteschi, con costumi di velluto e merletti. Mi scrutano con aria di sufficienza, mi snobbano. È come se non ritenessero la mia presenza necessaria. Quell'adunanza di volti incattiviti che diventano sempre più scostanti sembra voglia allontanarmi dalla meta con l'energia negativa emanata dagli sguardi, come se fosse il tribunale dell'Inquisizione.

C'è un bagno di folla, non mi permetteranno mai di accedere al prato antistante la basilica. Da ogni parte vedo guardie dai volti arcigni e inaspriti dal baccano. Incrociano le lance per bloccare la folla. Che spettacolo!

C'è una gran quantità di soldati dall'armatura dorata e dai costumi di velluto rosso che si snodano come una corda nei punti più strategici della città. Il contrasto fra rosso e oro ha un non so che di bizantino ma la semplicità dei costumi mi riporta alla mia epoca. Vedo croci su tutti i tessuti e croci disegnate dalle lance sovrapposte e incastonate. Sembra di partecipare alle Crociate. L'Aquila, che era stata creata seguendo l'immagine speculare di Gerusalemme, sembra proprio la Terra Santa, oggi più che mai.

– Lasciatemi passare! Ho il permesso del cardinale; sono un filologo, porto doni per il Papa e mi stanno aspettando!

Ubi, eccitato dalla confusione, crolla per la stanchezza e io rotolo fra la folla bombardato dagli sguardi cinici dei presenti...

Suona la sveglia: era solo un sogno suggestivo sfociato in incubo.

Sono le sei del mattino del ventotto aprile 2009. Anche oggi è un giorno speciale, un grande evento avrà luogo in città e io devo esserci. Il giornale si aspetta da me un grande articolo in occasione della visita.

Dopo gli eventi del sei aprile la mia casa in centro, nella quale vivevo con la famiglia, è fatiscente. Per fortuna non siamo rimasti sotto le macerie. Ci siamo rifugiati nella nostra casa di campagna che ci ha sottratto al dramma proprio la notte che ci ha visto protagonisti di un vero e proprio esodo biblico assieme ai nostri concittadini. Siamo quasi tutti d'accordo nel volerci rimanere per qualche anno, perché lì si respira una boccata di normalità rispetto a L'Aquila pur rimanendo in zona, senza essere costretti ad andare a Roma dagli zii.

Devo arrivare in tempo, oggi piove ma non sono a cavallo come il filologo del mio sogno. Per fortuna sono cambiati i tempi, userò la mia auto e, con un permesso speciale, giungerò nei pressi delle zone di interesse.

Mi avvicino al centro delle città dove incontro i miei colleghi per poi avviarmi, guidato dai vigili del fuoco, verso i luoghi scelti come tappe di questa visita. Tutti sembrano impazienti e allo stesso tempo nervosi per dover, ancora una volta, entrare nel centro abitato e rivivere il dramma di quella notte, quando furono inferte delle ferite profonde a questa città, talmente profonde da cambiarne il corso della storia.

Arriviamo finalmente al piazzale, alle porte del centro, dove siamo stati convocati. Da qui si vede uno scenario apocalittico: penso dentro di me che la vita non sarà mai più quella di prima; ci vorranno anni, anzi decenni per ricostruire tutto. A un tratto sento una voce che mi riporta al presente.

– Signor Bafile, presto si sbrighi! Stiamo salendo verso il centro con i vigili del fuoco, ci porteranno nei luoghi scelti per questa visita così importante!

– Mi scusi, mi ero estraniato per un momento, arrivo!

I vigili ci scortano fino al parco che circonda la basilica di Collemaggio: purtroppo solo la natura è rimasta invariata, il resto è uno scenario da incubo. Di nuovo vengo ridestato da una voce decisa ma quasi imbarazzata.

– Siamo veramente spiacenti ma il Pontefice porta un ritardo di due ore, ha avuto un contrattempo.

Molti giornalisti e autorità locali si riversano nell'ampio parco cercando il posto più strategico per intessere relazioni e ammazzare il tempo mentre io decido di dileguarmi. Aspetto che i vigili si distraggano un attimo e, con uno scatto felino, mi incammino verso il centro della città.

Eccomi, ci sono: è ancora tutto transennato e inagibile. File di militari vi si snodano proprio come le guardie del mio sogno. Non vedo gli stessi colori bizantini, tutto è molto più grigio: le transenne, i metalli attorno ai palazzi puntellati. Grazie al cielo la giornata è soleggiata e i colori della primavera incalzano imponendosi con prepotenza fra le macerie facendo così da contrasto al resto.

Dopo essermi avvicinato alla zona rossa, mi ricordo di un vicolo estremamente stretto e ripido, subito dopo porta Bazzano. Appena superata, vedo le case distrutte nella zona sottostante la gradinata della basilica di San Bernardino, mentre gli edifici che si trovano alla stessa altezza della chiesa sono rimasti intatti. Miracolosamente riesco a sfuggire al controllo dei militari e proseguo nel centro della città attraverso il vicolo. Mi concedo una passeggiata come ai vecchi tempi, illudendomi che tutto sia più o meno come prima.

La mia chiesa preferita, la basilica di San Bernardino, è stata sventrata quasi completamente dalla violenza della natura, solo la facciata è rimasta intatta, sembra quasi che stia lì per sostenermi in questa mia passeggiata illusoria, come un complice. Le case color pastello, in stile liberty sulla piazzetta attigua sono rimaste intatte, nessuna crepa è visibile sui muri. Riesco a sbirciare da una finestra al piano rialzato di una villetta bifamiliare: sembra che la scossa di terremoto qui non abbia nemmeno scalfito i lampadari. Mi perdo nello spettacolo di una sala da pranzo elegantissima dove i piatti e i bicchieri di cristallo sulla tavola imbandita fanno pensare a una cena organizzata dai padroni di casa la sera fra il cinque e il sei aprile. Ci sono ancora calici con vino rosso riempiti a metà, un telefono, il posacenere colmo e quasi tutti i tovaglioli in stoffa ricamata lasciati sul tavolo, aggrinziti come se i commensali vi si fossero aggrappati istintivamente prima di mollare la presa e fuggire di corsa. Mi avvicino ancora di più alla finestra e scatto una foto alla stanza con il mio telefono, noncurante della privacy, perché troppo intento a catturare quelle immagini e quelle sensazioni della vita pochi minuti prima della fine. Sono proprio le ore, i minuti che tutti abbiamo impressi nel cuore e nella mente, gli ultimi ricordi che separano il prima dal dopo.

Poi mi incammino verso piazza Duomo passando per i portici.

Purtroppo però non sono le forze dell'ordine a bloccare il mio passaggio ma le macerie. Decido allora di aggirare l'ostacolo sgattaiolando dalla via principale attraverso un vicolo meno danneggiato del resto. Come facevo spesso da giovane quando vedevo in lontananza i miei genitori o alcuni dei loro amici, soprattutto se volevo nascondere la sigaretta che stavo fumando.

Riesco a scorgere la casa del mio amico Paolo e la mente va ai ricordi delle serate trascorse con gli amici proprio in quel salone che ora è aperto al pubblico, come la vetrina di un negozio di antiquariato. Una delle pareti laterali è crollata completamente. La vecchia scrivania del '700, dove spesso trascorrevamo delle lunghe nottate per rivedere gli articoli, è rimasta intatta ma esposta come sull'orlo di un precipizio. Alcuni libri sono rimasti aperti, in bilico fra la libreria e il vuoto. È come se una voce dall'oltretomba ci stesse pregando di preservare arte e cultura, subito dopo aver salvato le vite umane.

Dopo dieci minuti di cammino vedo di nuovo un parallelo con il mio sogno: la città fantasma è estremamente silenziosa se non fosse per la fontana di piazza San Pietro dove l'acqua continua a sgorgare indisturbata. Sembra un inno alla vita nonostante sullo sfondo ci sia la bella chiesa distrutta, come tutte le case intorno alla piazza. Qui c'era il nostro circolo. Venivo sempre con i miei colleghi del giornale a festeggiare il successo di qualche articolo, con vino e tagliatelle al tartufo o al sugo di cinghiale. Mi mancano quelle serate, mi manca la mia casa, mi manca Paolo. Sarebbe bello poter festeggiare di nuovo con lui proprio qui al circolo, come ai vecchi tempi. Stranamente in questo momento non ricordo eventi eccezionali del passato, ho solo nostalgia della routine, di certe scene di semplice vita quotidiana.

Mentre io mi perdo fra le macerie e i ricordi, Papa Benedetto XVI sta celebrando una messa in commemorazione delle vittime del terremoto. Devo superare me stesso per scrivere il miglior articolo sulla visita del Papa.

Il mio collega mi ha appena comunicato che il Pontefice si è fatto strada fra le rovine, scortato dai vigili del fuoco, come un volontario nei territori di guerra e fra pochi minuti renderà omaggio a uno dei più grandi personaggi storici della città, Papa Celestino V. Le sue spoglie sono state messe miracolosamente in sicurezza subito dopo il sisma e, in via del tutto eccezionale, sono state riportate a L'Aquila per questa occasione.

Devo sbrigarmi! Mi staranno aspettando.

Come il filologo sento i battiti del cuore a mille e vorrei tanto avere un cavallo bianco per sorvolare le macerie. Devo tornare alla basilica, forse faccio la stessa strada anche al ritorno sperando di non essere visto da nessuno.

Mentre cerco di uscire dalla città, ripenso al mio sogno, alla felicità della gente per l'incoronazione di Celestino V al soglio pontificio e ripenso al delirio che pervase i bavaresi il giorno dell'incoronazione di Benedetto XVI.

Molti giornali titolavano *Wir sind Papst!*, Siamo papa. Sembrava motivo di orgoglio anche per i non credenti. Si celebrava sostanzialmente uno di loro, come da queste parti qualche secolo fa.

Con tutti i colleghi e sempre rigorosamente scortato dai vigili, mi affretto per potermi assicurare una buona postazione e vedere il Santo Padre da vicino. Sarà importante catturare i suoi sguardi, le sue espressioni e i suoi silenzi. In questa tappa le parole saranno poche, conteranno molto di più le sensazioni e le emozioni. Per un attimo mi sento di nuovo come il filologo protagonista del mio sogno. Ansioso e agitato, riesco tuttavia con molta destrezza ad assicurarmi una postazione quasi in prima fila, da cui potrò cogliere molti più dettagli per il mio articolo sulla giornata di oggi.

Siamo tutti impazienti... ma ecco il veicolo della Protezione Civile che lo trasporta. Lo vedo da una distanza di almeno venti metri, che poi diventano sempre meno fino ad arrivare a circa tre. Sta entrando con coraggio nella basilica fatiscente.

Con molta naturalezza si rivolge a Celestino V, sembra onorarlo, celebrarlo e allo stesso tempo chiedere conforto proprio a lui. Forse sente l'energia di Pietro del Morrone, sembra vedere proprio in lui la testimonianza della Fede. Con un gesto composto ma emblematico cerca di dare continuità alla storia, accorciando le distanze ed eliminando tutti i secoli che lo separano da lui.

Con un'attitudine dimessa e allo stesso tempo gloriosa, afferra il pallio per depositarlo sulla teca che custodisce le spoglie del suo predecessore. Ma cosa significa questo gesto?

Ancora una volta la mente ritorna al mio sogno, che si rivela essere stato un sogno premonitore: mi ricordo infatti di aver visto sventolare tanti palli dalle finestre del borgo in cui ho fatto sosta con Ubi, così come dalle finestre dei borghi e dai dongioni che ho solo costeggiato per arrivare all'Aquila. Che strana sensazione... qualcosa mi dice che il gesto di deporre il pallio sulla teca avrà un altro significato, un seguito.

È la mattina dell'undici febbraio 2013, il ricordo del terremoto è ancora vivo in noi. Il mondo ha appena appreso la notizia delle dimissioni di Papa Benedetto XVI, che avranno effetto a partire dal ventotto febbraio.

Anche questa risoluzione mi riporta al sogno di qualche anno fa. In fondo Celestino V viene considerato il papa del Grande Rifiuto. E poi ripenso al pallio adagiato da Benedetto XVI sulla teca. Era solo un gesto simbolico oppure molto di più? Voleva forse indicare una Seconda Grande Rinuncia premeditata e sofferta?

Oggi, a distanza di qualche anno, sono seduto all'interno della basilica di Collemaggio, quasi completamente ristrutturata. Provo a raccogliermi in preghiera ma la mente va alla Seconda Grande Rinuncia della storia del Papato. Assorto nei miei pensieri, abbasso lo sguardo e osservo i giochi di luce prodotti dal sole che si introduce fra le tenebre attraverso il rosone della basilica di Collemaggio, giochi che avvengono solo in due occasioni, una delle quali è il solstizio d'estate, come oggi. È importante che all'interno della basilica il buio sia intenso, altrimenti i giochi di luce non avrebbero troppa efficacia: quale immagine simbolica!

Credo che anche gli effetti del sole che illumina la nostra vita siano più evidenti quando intorno c'è il buio totale. È proprio allora che l'Assoluto si manifesta in tutta la sua potenza, si distingue da tutto il resto e proietta immagini decise, come a volersi materializzare.

Tutti i presenti cercano di comprendere le immagini prodotte dal sole riflesse sul suolo e sull'altare. Cercano di dare loro un senso come se fossero parabole, le interpretano secondo il proprio credo o la propria filosofia di vita. Abbasso di nuovo lo sguardo e improvvisamente vedo riflesse le immagini dell'Esodo Biblico, vedo i due discepoli di Emmaus smarriti. Se poi tendo l'orecchio, mi pare di cogliere dall'Abruzzo e dal Molise e dalla Baviera la gioia e l'orgoglio di essere diventati Papa.

La Seconda Grande Rinuncia
in pittura

Sono di nuovo le cinque del mattino ma non è un mattino come tutti gli altri. Questo è un giorno speciale per un filologo come me, con la mia fama da grande studioso e da uomo dai profondi principi etici. Mi muovo a fatica e con gesti maldestri all'interno della dimora che ho ereditato dai nonni paterni. Luogo troppo umile per i gusti delle mie frequentazioni aristocratiche e troppo fastoso per i miei amici contadini, ma oggi per me risulta quasi un luogo istituzionale e scomodo poiché, con la mente, sono già proiettato verso il grande evento e ciò mi fa sentire osservato, come messo alla prova.

Il quadro basato sull'omonimo racconto tenta di istoriare il complesso cammino della fede compiuto da un pellegrino, che nella rappresentazione visiva sembra rimandare a Celestino V ma in realtà vuole essere il simbolo di tutta l'umanità errante che viene chiamata a compiere il proprio esodo interiore. Alla base del racconto, oltre all'elemento Natura e ai giochi di luce e ombra, ci sono le vicende di due papi che spesso sono state messe a confronto in una dinamica di contrapposizione per poi quasi sfociare nella sovrapposizione visiva e concettuale.

Aver il coraggio di abbandonare un'investitura suscitando sentimenti di delusione e persino di indignazione, che potrebbero dar sfogo a speculazioni di ogni genere fino a rischiare di minare la reputazione della Chiesa, com'è accaduto in seguito alle due grandi rinunce della storia del papato: da una parte Pietro da Morrone, menzionato da Dante nella Divina Commedia e inserito nei gironi più bassi dell'Inferno, dall'altra Joseph Ratzinger, uno dei più grandi teologi di tutti i tempi.

Nel caso di Celestino V, più che aggiungere giudizi e speculazioni ai motivi politici del rifiuto, sarebbe opportuno rifarsi alla Divina Commedia come a un cammino iniziatico compiuto da Dante e rivolto ai lettori. Se volessimo dunque basarci su questa logica, non si dovrebbero mai dare giudizi inappellabili né pronunciare sentenze. Al contrario, ogni affermazione rappresenta spesso uno stimolo per la riflessione. L'iniziato è chiamato ad analizzare i fatti considerando diversi punti di vista e a sua volta tenta di lasciare molta libertà interpretativa aprendo a svariate risposte; e può addirittura andare ancora oltre, mettendo in discussione le domande e le affermazioni stesse. In altre parole, se la Divina Commedia rientra in questa tipologia, perché non assumere l'attitudine di un vero adepto stravolgendo così le affermazioni e i paradigmi stessi della sua narrazione?

Nel nostro caso, le anime collocate all'Inferno sono veramente demonizzate? Abbandonare un ministero equivale veramente a rinunciare alla propria missione? L'Inferno non è forse quel luogo dove il senso della vita e delle nostre azioni è più terreno che mai, allo stato puro? Le nostre qualità non sono ancora state plasmate dal Divino ma sono pur sempre espressione di semplicità e di umanità tipiche di un adepto che aspira ardentemente alla perfezione. La Divina Commedia non è forse l'espressione dell'albero della vita, dove gli animi diventano più sofisticati a mano a mano che, dalle radici, salgono verso l'alto, ma nelle sfere inferiori appartengono pur sempre a un ambito protetto dalla misericordia Divina?

Questo approccio interpretativo metterebbe in una luce completamente diversa la scelta di Dante, almeno per quanto riguarda Pietro da Morrone: tuttavia è molto difficile dare un'interpretazione diversa da quella adottata fino a oggi e possiamo basarci solo sulle informazioni pervenuteci fino ad ora. Al contrario, per quanto riguarda Papa Benedetto XVI, è forse più semplice interpretare il suo pensiero poiché nei suoi scritti i concetti sono meno filtrati o rielaborati dai critici. La scelta della rinuncia sembrerebbe una chiara decisione interiore. Spesso, nelle sue pastorali, parlava di un Dio che ci vuole rivoluzionari, capaci di vivere il Cristianesimo della fede in maniera singolare. Rivoluzionari vuol dire fuori dagli schemi, dalle aspettative degli altri, pronti a operare nel cammino difficile a cui siamo chiamati per dare delle prove di noi e della nostra connessione con Dio.

Se il destino ci riserva un cammino diverso dalla massa, allo stesso tempo ci sta dando la possibilità di vivere la nostra vita e la nostra spiritualità in maniera inedita. È soltanto in questo modo che possiamo crescere, toccare con mano l'Assoluto, capire che dietro le difficoltà c'è un senso, un disegno. Improvvisamente ci rendiamo conto di non essere soli, e quella luce solare entra nelle nostre vite proprio come i raggi che filtrano attraverso le fessure del rosone della basilica di Santa Maria di Collemaggio a L'Aquila. Se non ci fossero le tenebre, i giochi di luce non sarebbero così nitidi e la presenza dell'Assoluto non sarebbe evidente: sembra una metafora della vita.

Ratzinger non ha mancato di esplicitare il suo pensiero ma nonostante tutto un'impostazione basata su una religione che parli in maniera diretta e singolare con il fedele lascia sempre spazio ai sostenitori di una religione svuotata delle sue istituzioni, delle sue effigi e dei suoi simboli. In ogni caso sembra sia riuscito a liberarsi dalle polemiche di una critica contaminata dalle teorie della secolarizzazione in tutti i suoi aspetti etici, che impongono e giustificano un Dio personalizzato e consultabile anche per questioni futili. Inoltre è riuscito a non cadere preda delle polemiche avanzate dal moderno umanesimo cristiano, riveduto e corretto ma pur sempre una sorta di spettro pronto a insinuarsi ogni qual volta un esponente della gerarchia ecclesiastica promuova una fede basata sul rapporto intimo dell'individuo con Dio, come se le istanze di una religione riformata avessero sempre modo di tornare in auge.

Il quadro vorrebbe interpretare questo aspetto intrinseco di un percorso di redenzione, imponendo un senso della fede semplice e diretto senza rinnegare l'importanza delle istituzioni e dei rituali. Incontrare Dio, contribuire alla storia fuori dalla storia e vivere con coraggio una missione lontani dai riflettori non significa elogiare la follia bensì avere un rapporto personale con l'Assoluto. Ho voluto rappresentare un esodo interiore perché era un tema tanto caro a Ratzinger e per testimoniare che il nostro cammino verso Dio è unico. L'elemento natura ci viene in ausilio fino a diventare un aspetto fondamentale di questo dipinto e di tutto il racconto a esso ispirato. Natura come espressione dell'Assoluto, come ritorno a una vita umile, essenziale, simboleggiata dalle rocce che assorbono gli eremi e dall'inclinazione del sole durante il solstizio estivo. Una natura che arriva a integrarsi persino nell'architettura e a darle un senso.

Una cosa è certa: i due grandi rifiuti hanno prodotto congetture di ogni genere. Nonostante ci possano essere fazioni diverse all'interno di ogni istituzione e interessi temporali, sui quali si può solo speculare, i due Papi sono stati capaci di far sentire la propria fede anche a distanza di tempo. Sono riusciti a vincere la sfida lanciata dalla trascendenza liberandosi per sempre dall'angoscia del transeunte; entrambe le rinunce andrebbero dunque interpretate come un atto di fede, come il compimento di una volontà superiore.

Samantha D'Angelo

Come un battito d'ali di farfalla
in musica

Giovanna

Giovanna passeggia tranquilla spalle alte, sorride alla gente
Giovanna lavora coi giovani, vita divertente
In gruppo lei ama parlare di tutto non sta zitta un minuto
Ma se la cerchi per starle vicino, otterrai un rifiuto

Giovanna ha soltanto un problema,
è sola sola da morire
Giovanna non guarda gli amici negli occhi,
si potrebbe tradire
Di giorno trascorre il suo tempo a caccia di momenti di gioia
Di notte ricarica il sogno di sempre e comincia a volare...
... in alto sopra il mare... in una vita migliore

Giovanna la incontri nel sole d'estate,
capelli al vento e sorriso di latte
Vi scambiate uno sguardo pieno di paura,
un silenzio che non ha speranze
Giovanna si lascia intrecciare le dita
nell'ora in cui il sole vi guarda da giù
Desiderio nei volti, che ora sono vicini, poi di scatto si alza
e se ne va...
e se ne va

Giovanna ritorna al suo mondo, occhi bassi e schiva la gente
Giovanna lavora coi giovani, ma è una vita pesante
Ora la vedi più spesso tacere, preferisce ascoltare
E se la cerchi per starle vicino ti farà imbarazzare

Giovanna risolve il problema, ora è in compagnia di se stessa
E quando guarda gli amici negli occhi, il sorriso non cessa
Di giorno trascorre il suo tempo gustando i momenti di gioia
Di notte coltiva il sogno di sempre e continua a volare...
...in alto sopra il mare... verso una vita migliore

Giovanna la incontri nel freddo di inverno,
su un prato di neve sotto un cielo blu
Vi scambiate uno sguardo senza più paura,
e un silenzio pieno di speranze
Giovanna si lascia abbracciare da dietro
e semina amore caldo come caffè
Ognuno capitano della sua nave,
ma insieme nella grande città...
nella grande città.

di Alessandro Colombo

Ringraziamenti

Dedico il primo pensiero a mia moglie **Christine** e ai miei figli **Adriano**, **Laura**, **Marco** e **Sophie**, per il sostegno che mi assicurano sempre quando mi dedico alla mia passione, la scrittura.

Ho il piacere di ricordare gli amici del **MIAMA**, il Movimento Internazionale Autori Musicisti e Artisti: **Alessandro Tabacchi**, **Paola Ottaviani**, **Vincenzo Fantacone**, **Samantha D'Angelo** e **Alessandro Colombo**. I loro contributi permettono che questo libro dia origine a una vera opera poli-artistica. In particolare, Samantha mi ha offerto la prima stesura del racconto *La Seconda Grande Rinuncia*, ha scritto la prefazione e ha dipinto due quadri le cui immagini impreziosiscono il volume.

Ringrazio i familiari, amici e conoscenti che mi hanno offerto spunti di ispirazione significativi per alcuni passaggi delle mie storie.

Sono riconoscente alla mia editor **Ambra Rondinelli**, che è stata di nuovo al mio fianco dando un contributo decisivo al valore e all'incisività dei testi.

Sono grato all'editore **Ettore Barra** per avermi concesso ancora una volta la sua fiducia per questa mia terza avventura come autore.

Ringrazio **Lorena Caccamo** per il suo preciso lavoro di revisione dei testi.

Rivolgo infine la mia gratitudine a tutti i lettori che vorranno condividere con me le riflessioni e le emozioni che la lettura di questi racconti avrà suscitato in loro.

L'ASCENSORE
E Altri Racconti

COSIMO LA GIOIA

L'ASCENSORE E ALTRI RACCONTI

Autore
Cosimo La Gioia

Anno
2021

Pagine
160

Prezzo
€ 15,00

Formato
14 x 22 cm

ISBN
9788831340335

Nelle storie di *L'ascensore e altri racconti* si riflette la ricerca della verità condotta dall'autore, attraverso vicende emblematiche caratterizzate dall'esplorazione del limite e dal gusto per il paradossale.

Il lettore si trova immerso in storie dal sapore quotidiano che – rivissute in una prospettiva nuova e insolita – inducono alla riflessione sugli aspetti più controversi della modernità.

Per questo i racconti spaziano da storie di vita aziendale ad altre di ambito familiare, passando per una giornata carica d'angoscia in seguito a un'informazione incompleta e per le sfide di velocità dei "gladiatori della strada": pronti a tutto pur di assaporare una sensazione estrema – ma quanto reale? – di libertà.

Il risultato è uno spaccato della varia umanità che vive i suoi problemi e le sue contraddizioni, in giro per il mondo. A Milano come a Monaco di Baviera, a Trieste come a Chicago, a Stoccarda come in Sicilia, dalla vetta dell'Etna, l'umanità sembra vivere le stesse angosce e gli stessi interrogativi ai quali non pare però possibile dare una risposta univoca.

A SCUOLA DI UNIVERSI

COSIMO LA GIOIA

A SCUOLA DI UNIVERSI

Autore
Cosimo La Gioia

Anno
2022

Pagine
100

Prezzo
€ 12,00

Formato
12x20 cm

ISBN
9788831340496

Qual è l'Arché, il principio primo da cui deriva tutta la realtà? Questa domanda, che tiene occupata l'umanità da millenni, ha offerto lo spunto a Cosimo La Gioia per la sua seconda prova d'autore, dopo L'ascensore e altri racconti. Appassionato di scienza da sempre, soprattutto di astronomia e fisica, si cimenta così per la prima volta nell'ambito della fantascienza, genere al quale ha l'intenzione di tornare in futuro. A scuola di universi è una storia di fantascienza filosofica, densa di riflessioni, di tentativi di risposta e non priva di umorismo: una lettura che potrà interessare gli amanti del genere, gli appassionati di scienza e di filosofia e tutti coloro che di fronte alla magnificenza e alla maestosità dell'Universo si pongono alcune domande fondamentali.

A scuola di universi è anche il primo progetto concreto del MIAMA, il Movimento Internazionale Autori Musicisti e Artisti, con contributi artistici e musicali di Samantha D'Angelo, Alessandro Tabacchi e Alessandro Colombo: una vera opera multidimensionale per una fruizione più immersiva e coinvolgente da parte del pubblico.

Il Terebinto Edizioni è una casa editrice indipendente fondata ad Avellino nel 2011 dal desiderio di preservare e di dare nuovo slancio alla ricerca storica, con particolare attenzione alla storia meridionale.

Grazie ai molti lettori che hanno sostenuto fin da subito, in edicola e in libreria, la nuova iniziativa editoriale, il Terebinto ha sviluppato negli anni la sua attività aprendo il catalogo anche alla narrativa e alla poesia. A quest'ultima sono state dedicate diverse collane tra cui "Carmina Moderna" che ha fatto da volano per l'organizzazione dei concorsi nazionali "Riscontri Letterari" e "Riscontri Poetici".

Per scoprire di più su di noi

visita il sito www.terebintoedizioni.it
o scansiona il QrCode